Ute Vogell

Blüten gucken auf Malle

Familienkrimi im Urlaub

novum ⬗ pro

www.novumverlag.com

Bibliografische Information
der Deutschen Nationalbibliothek:

Die Deutsche Nationalbibliothek
verzeichnet diese Publikation in
der Deutschen Nationalbibliografie.
Detaillierte bibliografische Daten
sind im Internet über
http://www.d-nb.de abrufbar.

© 2021 novum Verlag
ISBN 978-3-99107-586-8
Lektorat: LSM
Umschlaggestaltung und Illustration:
Stefan Bachmann
Layout & Satz: novum Verlag

Gedruckt in der Europäischen Union
auf umweltfreundlichem, chlor- und
säurefrei gebleichtem Papier.

www.novumverlag.com

Für Mama

Inhaltsverzeichnis

Prolog

Reizende alte Damen

Der Tag war viel zu schön für einen Mord. Außerdem fehlten noch einige Vorbereitungen. Und ihr Glücksbringer ließ auch auf sich warten.

Dann eben erst morgen!

Nach diesem Entschluss lehnte sich Elfi erleichtert zurück.

Die Sonne wärmte bereits merklich; sie musste unbedingt ihr Gesicht in den Schatten bringen, wenn sie Falten vermeiden wollte. Entschlossen lenkte sie ihren Rollstuhl unter eine dickbauchige Palme.

Das Meer glänzte vorn helltürkis und am Horizont dunkelblau. Dazwischen Grün- und Blautöne in allen Schattierungen. Durch die Pinienzweige ein Bilderbuchmotiv: blauglitzerndes Meer, gezackte Felsreihen, strahlender Himmel.

Sie genoss den Anblick, wollte ihn bewusst genießen.

Dann schloss sie die Augen. Noch ein halbes Stündchen Dösen – danach war es Zeit für den Seelentröster und den Immobilienmakler.

***

Anna-Maria hatte neue Packen Toilettenpapier, Seife und Handtücher geholt. Bevor sie sich seufzend ihrer letzten Aufgabe heute widmete, warf sie einen Blick aus dem glasumrahmten Flur des obersten Hotel-Stockwerks in den Garten.

Zwischen den Palmen sah sie am Blau der drei Pools einige farbige Flecken – Gäste, die sich in bunter Kleidung, in Bikini oder Badehose sonnten. Ein junges Paar vergnügte sich bereits im herzförmigen Whirlpool. Vier ältere Menschen spielten

Mini-Golf. Irgendwo im Schatten erblickte sie die *Diva*; offensichtlich brauchte sie Ruhe. Denn ihre beiden ständigen Begleiterinnen fehlten, und ihr Rollstuhl verschwand fast unter dem Blätterdach einer Palme.

Am Ende des Grundstücks säuberten die Gärtner, Carlo und Juan, möglichst unauffällig die Wege. Ja, jetzt sah sie auch die beiden anderen Damen: *Abuelita* – Omichen – und *Estrafalario* – die Schrille – spazierten zwischen den weiß-rosa-rotblühenden Alpenveilchen.

Die beiden plauderten angeregt, das heißt, Omichen redete. Die Schrille hielt den Kopf ihr zugeneigt und nickte, schaute aber unauffällig umher, ab und zu einen Schluck aus ihrer grünen Kaffeetasse nippend. Wenn es denn wirklich nur Kaffee war: Anna-Maria hegte begründete Zweifel, hatte sie doch bereits mehrmals kleinere und größere Flaschen von Jägermeister, Cognac und Sekt aus dem Zimmer entsorgt.
Offenbar stärkten sich die beiden gerade für einen längeren Ausflug; denn Kameras baumelten um den Hals, Rucksäcke hingen lose über den Schultern und feste Wanderschuhe deuteten auf größere Unternehmungen hin. Bei *Estrafalario* war übrigens heute nicht nur die Kaffeetasse giftgrün – alles andere war ebenfalls in Grün gehalten.

Anna-Maria seufzte bedrückt: Wieviel Geld musste man haben, damit man Rucksack und Schuhe und Kleidung täglich farblich neu aufeinander abstimmen konnte, auch wenn alle qualitativ minderwertig waren? Andererseits – wenn man die pummelige Figur und das Aussehen von *Estrafalario* bedachte, gab es wirklich keinen Grund, neidisch zu sein. Und dann noch deren schreckliches Verhalten!
Anna-Maria fand es einfach, Omichens Zimmer sauber zu machen – alles aufgeräumt, die Wanderbücher aufgestapelt auf dem Couchtisch, die vom Supermarkt erworbene Mineralwasserflasche über der Minibar abgestellt, die wenigen Kleidungsstücke

mittlerer Qualität ordentlich im Schrank verstaut, wenige Fotos zum Abstauben.

Das Zimmer der *Diva* war das reinste Vergnügen: Haufen von topmodischen Pullovern, Hosen, T-Shirts, Jacken, Röcken und Blusen in allerfeinster Qualität lagen überall herum. Diese auf Bügeln im Schrank zu verteilen, machte einfach Spaß! Und die vielen luxuriösen Tübchen und Döschen und Gläschen und Fläschchen, Kämme und Spangen, duftende Parfüms und Cremes und Lotionen – für Anna-Maria war es eine Freude, diese nach dem Reinigen des Badezimmers immer wieder neu zu ordnen, nach Farben und – wenn sie Zeit hatte – auch nach Gerüchen (doch das durfte natürlich niemand wissen).

Das Zimmer von *Estrafalario* dagegen war eine Qual: ein einziges Chaos von ineinander geknäulter sauberer und schmutziger minderwertiger Kleidung in Übergröße, von leeren Flaschen, Haarfärbemittel, neu erworbenem Touristen-Krimskrams, billigem Nagellack, Tablettenschachteln. Einmal hatte Anna-Maria sogar eine gebrauchte Slipeinlage in all dem Durcheinander gefunden, ein anderes Mal, zu ihrer großen Überraschung, ein fein gearbeitetes Goldkettchen.

Worauf musste sie heute gefasst sein?

Vor dem Zimmer angelangt, holte sie tief Luft und öffnete vorsichtig die Tür.

★★★

Etwa zur gleichen Zeit ärgerte sich Miguel über den Blick des Barkeepers. Was war schon dabei, wenn er sein zweites Glas Whisky bestellte? Die Touristen tranken viel mehr um diese Zeit! Aber nein, Xavier schaute ihn seltsam an und fragte ihn obendrein, ob es ihm gut ginge.

Natürlich nicht.

Wenn alles in Ordnung wäre, brauchte er nicht morgens um elf zwei Whiskys. Aber das hatte Xavier nichts anzugehen, auch nicht als *socio simpatico,* Mitglied desselben Fußballvereins. *Me va bien – y tu*?

Er wartete Xaviers Antwort nicht ab, sondern verzog sich mit seinem zweiten Whisky sofort auf die schattige Terrasse, um in Ruhe nachzudenken. Er musste eine Lösung für sein Problem finden. Und zwar sofort. Was ihm sein englischer Freund John raten würde, wusste er, aber er sträubte sich. Fremde Reiche ... Das kam überhaupt nicht in Frage. Schließlich liebte er seine Frau und seine Kinder.

Oder gerade deshalb?

Fast gegen seinen Willen scannten seine Augen den Hotelgarten. Es schien nicht allzu schwierig, es gab viele Möglichkeiten. Zum Beispiel die Blondine, deren Gesicht im Schatten der Yukkapalme einen kindlich-unschuldigen Ausdruck zeigte. Zudem brach sich die Sonne in ihrem Diamantring und spiegelte sich in ihrem goldenen Armband.

Statt wie geplant nur am Whisky zu nippen, nahm er einen tiefen Schluck und bekam einen Hustenanfall. Als er wieder normal atmen und klar blicken konnte, wusste er, dass er keine Alternative hatte. Er kippte den Rest des Whiskys hinunter, brachte das Glas zurück und orderte *una botella champana y dos copas*.

Es half alles nichts; und Xavier wusste es auch: Als er ihm die Flasche Sekt mit den zwei Gläsern reichte, wünschte er ihm „Viel Glück!" − *Buena suerte!*

Aber er schaute ihn nicht an.

★★★

Im Rückspiegel sah der Taxifahrer die zwei Frauen auf sich zukommen. Die Schirmmützen über den faltigen Gesichtern, die festen Wanderschuhe und der prallgefüllte Rucksack, der baumelnde Fotoapparat auf der ebenfalls baumelnden Brust, die wadenlangen Jeans mit Ausblick auf knochige beziehungsweise runde Unterschenkel mit rauer Haut zwischen Socken und Jeansrand und der viel zu grelle Anorak über dem gewölbten Bauch − all diese Dinge wiesen sie deutlich als Touristinnen aus. Keine Spanierin würde sich so unelegant kleiden. Und dann noch alles in Giftgrün − jedenfalls bei der dickeren der beiden.

„Taxi?" Er nickte.

„Nach Valdemossa?"

Er nickte wieder. Sie stiegen ein. Er informierte die Zentrale und fuhr sofort los. An einem solch strahlendblauen Tag würde die Fahrt ein Vergnügen sein.

Was ihn wunderte: Sie sahen nicht reich aus, aber keine hatte nach dem Preis gefragt. Wer würde zahlen? Die Normalgewichtige mit den grauen mittellangen Locken oder die auf jung getrimmte, rundliche Giftgrüne mit der Kurzhaarfrisur für modische Siebzehnjährige? Den flüchtigen Gedanken, es könnte sich um Zechprellerinnen handeln, verwarf er sofort. Wahrscheinlich würden sie sich die Fahrt teilen. Immerhin unterhielten sie sich auf Deutsch. Und er hatte schon viele schrullige, reiche Deutsche gesehen.

★★★

Plötzlich verwandelte sich Elfis sonniger Traum in ein dunkles Chaos. Alle Heiterkeit zerfloss; es herrschte ein wirres Durcheinander von Tönen, Farben, Gerüchen.

Sie versuchte, die Augen zu öffnen, doch sie konnte im gleißenden Sonnenlicht nichts erkennen. Jemand murmelte etwas Unverständliches. Sie wollte antworten, doch ihre Stimme versagte. Dann legte sich ein Schatten über sie.

„Sie haben schlecht geträumt, Señora", sagte eine angenehme Männerstimme. „Und Sie frösteln. Darf ich Sie wieder in die Sonne schieben?"

Nun taten die Augenlider ihren Dienst und sie erblickte einen sympathischen, braungebrannten Mann mittleren Alters mit nur wenig Grau im kurzgeschnittenen dunklen Haar.

Als sie nickte, schob er ihren Rollstuhl sanft neben eine Sitzecke, die etwas abseits von der Sonne beschienen wurde.

Er lächelte entschuldigend. „Es tut mir leid, wenn ich Sie erschreckt habe. Darf ich Sie zu einem Glas Sekt einladen?"

Bevor sie sich versah, fühlte sie ein Glas in ihrer Hand. *Salud! Me llamo Miguel!* „Ich heiße Miguel, Prost!"

Sie wehrte ab, besann sich dann aber eines Besseren.
Was schadete es, wenn der Immobilienhändler ein bisschen wartete?
Es lohnte sich immer, mehrere Eisen im Feuer zu haben.
Und außerdem winkte ihr links aus dem Hintergrund Carlo freundlich mit einem kleinen flachen Glasgegenstand in der Hand zu.
Ihr Glücksbringer.
Langsam hob sie ihr Glas.

★★★

Beim Abendessen tauschten die drei ungleichen Freundinnen ihre Tageseindrücke aus. Die Giftgrüne hatte sich inzwischen hellgelb gekleidet.
„Valdemossa – ein Traum! Das Kloster von Georges Sand und Chopin und die vielen netten Geschäfte und Cafés! Und die terrassenförmige Anordnung der Stadt! Und die schönen Gärten und die freundliche deutschsprechende Bedienung!" Und ...
und ... und ...

Die gemeinsame Begeisterung ihrer beiden so unterschiedlichen Freundinnen kannte keine Grenzen. Elfi fühlte sich zunehmend unzufrieden. Was hatte sie für diesen Tag zu bieten? Dösen im Garten, ein völlig unbefriedigendes Immobilen-Angebot? Ärger über laute und schwatzhafte Gäste? Keine Seite des Romans?

Sie versuchte, ihre Gedanken zu sammeln, doch mittendrin lenkte sie der vielversprechende Satz ab: „Wir haben eine tolle Villa für dich gefunden!"
Fotoapparate wurden hervorgezerrt. Nach einigen technischen Komplikationen sah sie sich Aug in Aug mit einem verwunschenen, großen Haus aus beigem Sandstein, berankt mit Bougainvillea, mit Orangen- und Zitronenbäumen im – natürlich terrassenförmigen – Garten und einem blauen Swimmingpool, um den ein paar Schafe und Ziegen grasten.
„Romantisch, nicht?"
„Und zu verkaufen! Wäre das nichts für dich?"

14

Doch – auch Elfi fand das Ambiente ansprechend und auf den ersten Blick geeignet für ihre Bedürfnisse. „Habt ihr die Adresse des Maklers notiert?"

Natürlich hatten sie das nicht.

Um abzulenken, fragten die beiden Valdemossa-Besucherinnen nach Elfis Tag. „Und du, was hast du gemacht?"

Elfi dachte kurz nach.

„Ich habe einen netten Mann kennengelernt."

Ja, das war das einzig Schöne heute, freute sich Elfi innerlich.

Aber ihre beiden Bekannten schienen wenig begeistert.

Oh Gott, nicht schon wieder!

Die beiden warfen sich bezeichnende Blicke zu und strebten ans Büffet unter dem Vorwand, ein weiteres leckeres Dessert zu benötigen.

★★★

Der nächste Morgen begann perfekt mit orange-farbigem Sonnenaufgang über zartblauem Meer. Dies nahm Elfie als ein gutes Vorzeichen.

Nach dem Frühstück wurde sie von Miguel abgeholt. Sie sah mit Genugtuung im Seitenspiegel, wie eine kleine weibliche Kugel, heute ganz in Lila, neidisch dem weißen Mercedes hinterherwinkte.

Nach einem kurzen Verkehrsgewühl in Alcudia bogen sie rechts ab Richtung Ermita La Victoria. Doch auch diese kleine, ruhige Straße verließen sie bald und und fuhren erneut rechts in einen Pinienwald. Irgendwann öffnete sich automatisch ein Tor und nun schlängelten sie sich auf steinigen Wegen durch eine Landschaft mit atemberaubenden Aussichten auf blaues Wasser und einzelne Landhäuser.

„Bitte Augen schließen", ordnete Miguel nach einer Weile sanft an. Dann stoppte er das Auto. Sie erwartete einen Kuss und presste die Augenlider fest zusammen, aber er sagte nur: „Schauen!"

Sie blinzelte in die Sonne und vor ihrem Blick erschien ein weißer maurischer Palast in einem Palmenhain, den kunstvolle Skulpturen schmückten. Sie hielt den Atem an. Das hatte sie nicht erwartet.

Aber es kam noch besser: Miguel und Elfi erhielten eine fachkundige exquisite Führung. Offenbar vom Künstler und Besitzer höchstpersönlich oder einem Nahestehenden, ganz klar war ihr das nicht. Es war auch egal. Sie genoss die Fürsorge und das Fachwissen der beiden Männer, die sie durch den sonnigen Figurenpark begleiteten. Den krönenden Abschluss bildeten die hervorragenden Kinderporträts im ehemaligen Wasserspeicher. Und so geschmackvoll präsentiert!

Als sie über die Behindertenrampe ins Freie gelangten, war sie glücklich wie schon lange nicht mehr.

Wie immer folgte dann die tiefe Enttäuschung.

Ein Taxi hielt an und entließ eine lila ältere Kugel und eine eigentlich ganz nette, graumelierte Seniorin mit mittellangen Locken.

★★★

Jetzt nach dem morgendlichen Ausflug hatte sich Elfi zum Schreiben an den Strand zurückgezogen. Ihr Rollstuhl stand an der Wasserlinie. Sie hoffte, dass die warme Mittagssonne und das gleichmäßige Rauschen der Wellen ihre Laune verbessern würde. Aber ihr Notizbuch war immer noch leer.

„Konzentrier dich auf dein Vorhaben!", befahl sie sich.

Also: Tatort, Tatmotiv, Tatwaffe.

Sollte Valdemossa der richtige Ort sein? Heute Nachmittag würden sie die Villa besichtigen, deren Fotos die beiden Freundinnen ihr gezeigt hatten. Miguel kannte den Makler und hatte einen Termin vermittelt.

Zu zweit war es geplant gewesen – Miguel und sie. Der Makler, den Miguel kannte, würde nur aufschließen und erst später für ihre Fragen zur Verfügung stehen.

Aber nun würden sie zu viert fahren. Zu viert!

Sie musste sich etwas einfallen lassen, um das zu verhindern. Dennoch spürte sie den Ärger erneut in sich aufsteigen.

★★★

Denn das Taxi heute Morgen an der Finca La Bassa hatte alles verändert.

Die lila Kugel hatte dem Fahrer ein großzügiges Trinkgeld gegeben und ihn gebeten, in zwei Stunden zurückzukommen. Sie und ihre Freundin würden sich jetzt in Ruhe in dieser vom Reiseführer empfohlenen Sehenswürdigkeit umschauen und wollten natürlich das „rein zufällig, welche Überraschung!" getroffene Paar nicht stören.

Doch der Künstler und Besitzer (oder wer er auch war) hatte sie zu einem kleinen Imbiss eingeladen: „You and your charming friends."

Eigentlich hatten auf der Terrasse im Schatten eines großen Oleanderstrauches nur drei Sektgläser neben dem Eiskübel auf einem hohen Bistro-Tisch gewartet und drei Teller für die appetitlich aussehenden Tapas unter einer gläsernen Haube. Nun wurde schnell weiteres Geschirr herbeigeschafft.

Das Essen verlief in Elfis Augen völlig unbefriedigend.

Der Besitzer und Künstler widmete sich mit Hingabe der lila Kugel, die sich völlig unerwartet als Kunstsammlerin auswies. Witterte er ein gutes Geschäft? Oder war er einfach nur höflich? Und die Graumelierte plauderte auf Miguel ein. Ihr Redeschwall war nicht zu stoppen, nachdem sie herausgefunden hatte, dass er im Schwarzwald als Gastarbeiterkind geboren war. „Was, in Staufen? – Das ist gar nicht weit weg von meinem Wohnort! Mein Mann liebte Staufen! Wir waren häufig dort, als er noch lebte. Das Faust-Haus! – Ach, und kennen Sie ..."

Elfi selbst war abgehängt. Niemand kümmerte sich darum, ob ihr Rollstuhl im Schatten stand oder nicht. Ihr Sekt wurde warm in ihrer Hand. Sie räusperte sich. Ohne ihre Rede zu unterbrechen, reichte ihr die Graumelierte die Platte mit den Tapas, damit sie sich bedienen konnte. Es war unbequem, im Rollstuhl zu essen.

Die anderen bewegten sich plaudernd auf der Terrasse und zeigten sich gegenseitig im Stehen „entzückende Ausblicke" aufs Meer. Aus ihrer Rollstuhl-Position sah sie nichts.

Der Höhepunkt der Missachtung aber kam, als Miguel mit ihren beiden Bekannten verabredete, dass es doch nett sei, wenn sie alle heute Nachmittag in Valdemossa die sehenswerte Villa, die zum Kauf stand, besichtigen würden.

Über ihren Kopf hinweg!

★★★

In der Erinnerung an diese demütigende Szene stieg erneut der Ärger in Elfi hoch. Als er sich allmählich in giftige Wut verwandelte, spürte sie kreative Energie in sich aufsteigen.

Eigentlich war das Tatmotiv ganz einfach zu finden.

Vor ihrem geistigen Auge sah sie die Szene … und der Stift flog fast von allein über das Papier.

Als sie nach langer Zeit aufschaute, weil sich Sonne und Wind veränderten, umspielten die Wellen bereits die Räder ihres Rollstuhls. Die Flut lief immer weiter auf. Sollte sie sich selbst befreien? Nein, lieber nicht. Sie beschloss, auf Hilfe zu warten.

★★★

Valdemossa nachmittags verlief nach Elfis Plan, nachdem sie dem Taxifahrer mit den beiden Freundinnen, der dem Mercedes folgen sollte, eine gehörige Summe zugesteckt hatte, damit er unterwegs eine Panne bekam.

So gehörte die Villa für zwei Stunden nur ihr und Miguel und dem Makler.

Die inzwischen hellblaue Kugel kam erschöpft an, als bereits alles besichtigt war und Miguel den Makler und Elfi gerade im weißen Mercedes zurückfahren wollte.

Das letzte, was sie aus den Augenwinkeln heraus bemerkte, war, wie die nette Graumelierte versuchte, dem kugeligen Hellblau die Enttäuschung auszureden. Sie fühlte Genugtuung.

***

Elfi hatte gewonnen!

Und sie hatte Inspirationen für den Roman bekommen.

Zur Feier des Sieges in der Abenddämmerung hatte sie Champagner mit auf den Steg genommen. Die untergehende Sonne färbte die östlichen Bergzacken rosa. Auch das Meer malte sich rosig-blau. Und zu allem romantischen Überfluss segelten auch noch rosa Wölkchen am zartvioletten Himmel.

Es war doch noch ein gelungener Tag geworden.

Und sie würde wieder kreativ sein können! Sie hatte einen perfekten Plan, um das sicherzustellen.

Sie trank den Rest des Champagners aus und küsste das goldene Etikett zärtlich. Ihr Seelentröster, ihr Buddelschiff!

Danach setzte sie ihre Idee in die Tat um.

Sie hob beide Arme triumphierend über den Kopf und schleuderte die Flasche mit einer heftigen Bewegung weit ins Meer.

1

Unruhe

Diesen Tag im Februar würde Ulla nie vergessen.

KH und sie hatten lange geschlafen an diesem zehnten Morgen nach ihrer Pensionierung. Nach einem ausgiebigen Frühstück hatte sie ein wenig Hausarbeit erledigt und war dann zum Bummeln und Einkaufen gefahren.

Als sie mit Körben beladen zurückkehrte, hatte KH sie zärtlich geküsst.

„Schön, dass ich dich schon um vier Uhr zu Hause habe", hatte er gesagt und war sofort wieder hinter seinem PC im Arbeitszimmer verschwunden.Während sie die Einkäufe verstaute, versuchte sie, ihn in ein Gespräch zu verwickeln. Schließlich sollte er merken, dass sie anwesend war.

„Was gibt's bei dir Neues?"

„Nichts, nur diese leidigen Anrufe."

Sie kannte seine Klagen über „Dummenfang bei Rentnern": angeblicher Gewinn in der Klassenlotterie, angeblich nicht bezahlte Internet-Rechnungen, angeblich getätigte Bestellungen.

„Heute war jemand besonders hartnäckig. Er hat es wieder und wieder versucht. Mit dem umgekehrten Enkeltrick."

„Was ist das denn – umgekehrter Enkeltrick?"

Neugierig stellte sie sich neben seinen Schreibtisch und faltete einen Einkaufsbeutel zusammen.

„Nun ja, ein sogenannter Manuel wollte dich sprechen. Im Auftrag deiner Mutter. Sie läge auf Malle im Krankenhaus. Natürlich sollst du Geld überweisen. Das hat er zwar noch nicht gesagt, aber darauf läuft es doch hinaus". KH als eifriger Zeitungsleser kannte die Betrugsversuche an Senioren.

„Wer wollte mich sprechen?"

Die schrille Betonung des ersten Wortes und der Ton ihrer Stimme irritierten ihn.

„Ein Manuel. Wegen Mama auf Malle."

KH sah die plötzliche Blässe in ihrem Gesicht und bemerkte, wie sie mit zitternder Hand nach dem Telefon tastete.

„Du meinst doch nicht etwa …? Liebes! Das ist doch nicht echt! Mama ist doch kerngesund!"

★★★

Viereinhalb Stunden später befand sich Ulla dank der Professionalität von Frau Bachlhubers Reiseboutique über den Alpen. Jedenfalls behauptete dies der Flugkapitän in seiner Zwischeninformation.

Sie sah nichts, sondern nagte an ihrem pappigen Käsebrötchen, eingequetscht zwischen zwei Mitreisenden. Zum hundertsten Mal versuchte sie, ihre Gedanken zu sortieren.

Frau Bachlhuber hatte ihr das letzte Ticket für diesen Flug besorgt und ohne Umstände eine Umbuchung vorgenommen. Genau dies hatte sie schon einmal vor vier Wochen getan, als Mama sich spontan entschlossen hatte, der Einladung ihrer angeheirateten Cousine zu folgen und vor dem gebuchten gemeinsamen Termin nach Palma zu fliegen. KH würde übermorgen wie geplant nachkommen. Eigentlich war diese Reise zu dritt ein Weihnachtsgeschenk.

„Blüten gucken auf Malle", hatte Mama im November auf die Frage nach einem Weihnachtswunsch geäußert. „Mandelblüte. Das kann man im Februar. Dann bist du in Pension und KH hat sowieso Zeit."

Also lagen unter dem Weihnachtsbaum Tickets für die Flüge und zwei nette Hotelzimmer.

Aber nach Silvester hatte ETA bei Mama angerufen. Ihre Tochter Jenny werde im März eine Seniorenresidenz in Port d'Alcudia eröffnen. Sie könnten jetzt schon kostenlos probewohnen – als Test für eventuell notwendige Verbesserungen.

Warum nicht? Mama war rüstig und kam überall zurecht, wieso sollte sie nicht vorausfliegen?

Ulla hatte Bedenken.
„Du kennst ETA doch gar nicht mehr richtig. Und wie du sie immer beschreibst, hat sie sicherlich irgendeinen Hintergedanken." Ja klar, Mama sah das auch so. ETA würde Gegenleistungen erwarten. Aber was sollte das schon sein?
„Vielleicht, dass ich sie nett unterhalte. Oder ihr mal ein Fläschchen besorge. Oder zwischen ihr und Jenny vermittele."

Also brach Mama auf.
Die regelmäßigen Telefonate zeigten Begeisterung über die Schönheit der Landschaft, das gute Wetter und „die netten Leute".
Über ETA, Jenny und ETAs Söhne, Elmar und Manuel, die irgendwo auf Mallorca ein Restaurant betrieben, fielen Mamas Berichte deutlich knapper aus. Doch sie war munter und gesund.
Aber dann der Anruf heute.
Als Ulla endlich Manuel an der Strippe hatte, murmelte er nur etwas von „ernster Zustand", „bewusstlos" und „Unfall". Falls irgend möglich, solle Ulla am besten sofort kommen.

Es folgten zwei hektische Stunden.

Am schwersten fiel der Abschied von KH.
„Übermorgen sehen wir uns wieder", versuchte sie ihn zu trösten. Seine lieben Augen blickten traurig und sie wusste, dass er sich todunglücklich fühlte.

Von jetzt an würde er unter Dauerangst leiden.

„Pass auf dich auf, Liebes!"
Sie versprach es immer wieder.
Noch vom Gate aus hatte sie ihm unzählige telefonische Anweisungen gegeben, nur damit er nicht ins Grübeln kam und sich die nächsten zwei Tage beschäftigte.

Sie versuchte, sich zu beruhigen und ein bisschen zu schlafen. Die Nacht würde lang werden. Doch ihre Gedanken kreisten.

Was wusste sie eigentlich?

ETA war eine Cousine ihres Vaters. Sie hatte nach dem Krieg einen britischen Ex-Major – Uncle Ed – geheiratet und hieß eigentlich Elvira. Weil sie „Tante Elvira" als altmodisch empfand, hatte sie ETA erfunden.
„Ganz einfach – Elvira**TA**nte!", hatte sie der kleinen Ulla erklärt, die hingerissen war von dieser Idee und dem Glamour, den ETAs Besuche in das verschlafene nordhessische Dorf brachten. Schicke Kleider, platinblonde Dauerwellen, hochhackige Stöckelschuhe und Onkel Eds Sportwagen!
Ulla hatte „Uncle Ed" sehr gemocht; er war immer gut gelaunt, kümmerte sich um die Kinder und zeigte sich freigiebig. Sein Tod vor ein paar Jahren hatte ihr leidgetan, aber damals hatte sie die Familie schon längst aus den Augen verloren.
Eine schöne Kindheitserinnerung – ja, das war die Familie Gordon. Jenny, Manuel und Elmar waren jünger als sie. Sie hatten sich als Urlaubs-Spielkameraden gut geeignet – mehr nicht.

Oder?
Irgendetwas in ihrem Unterbewusstsein meldete sich.
War da nicht noch ein weiteres Kind? Sie versuchte, sich an die Besuche in Bonn-Bad Godesberg zu erinnern, wo die Gordons wohnten. Anspielungen von Mama fielen ihr ein, die irgendwelche tragischen Umstände andeuteten.

Plötzlich schreckte Ulla hoch; Panik überfiel sie.

Was war, wenn sie wieder ihre Pin vergessen würde und ihr Handy nach der Landung nicht mehr einschalten konnte?

Nach der Erfahrung des letzten Males hatte sie sich die Zahlen sicherheitshalber aufgeschrieben; aber wo war der Zettel?

Hektisch fischte sie unter dem Vordersitz nach ihrem Rucksack, wühlte nach der Handtasche, suchte ihr Portemonnaie. Kein Zettel. Vielleicht in der Brieftasche. Wo war die? Ach ja, vermutlich noch im Mantel oben in der Ablage. Trotz der missbilligenden Blicke ihrer Nachbarn versuchte sie, aufzustehen.

Eine Stewardess schob sie sanft, aber bestimmt zurück. „Bitte bleiben Sie angeschnallt. Wir befinden uns im Landeanflug auf Palma."

Sie fühlte sich hilflos.

2

Krankenhaus

Der Mann, der im Flughafen das Schild „Ulla Wokkel" in die Luft hielt, war ihr völlig fremd.

Als sie auf ihn zuging, versuchte sie angestrengt, irgendeine Ähnlichkeit mit dem Kind Manuel zu entdecken.
Vergeblich.
Allenfalls die kurzen weißen Stehhaare erinnerten entfernt an den weißblonden Mecki-Schnitt des Jungen. Sie hatte einen ganz normalen Fünfziger vor sich, von der Perle im linken Ohr und der extravaganten Hornbrille abgesehen.

„Manuel?"
Er nickte. „Herzlich willkommen, Ulla."
Er umarmte sie kurz und schien keinerlei Zweifel an ihrer Identität zu hegen. Wahrscheinlich hatte Mama die Familienbilder herumgezeigt.
„Schade, dass wir uns unter diesen traurigen Umständen wiedersehen müssen."

Sie schaute ihn genauer an.
Seine Gesichtszüge fielen sehr regelmäßig aus, fast hübsch. Auch seine hochgewachsene Figur erinnerte mehr an seine Mutter als an den kleinen, rundlichen Onkel Ed mit seinem großzügigen Bauch.
Er blickte sie unsicher an.
Ihre Frage nach Mamas Zustand schnitt er ab. „Komm, ich fahr dich sofort hin."

Erst als Manuel einen Schritt zur Seite trat, erblickte sie den rosa Buggy. Ein kleines Mädchen, ebenfalls in Rosa, mit aschblonden Locken, nuckelte am Daumen und schlief.

„Deine Enkelin?", fragte Ulla, froh einen gemeinsamen Gesprächsstoff zu entdecken.

„Nein, meine Tochter." Manuel reagierte kurz angebunden.

Ulla verkniff sich einen Kommentar und hastete hinter Manuel her, der mit langen Schritten vorauseilte.

Die Fahrt verlief einsilbig.

Fragen nach Mama überhörte Manuel und konzentrierte sich stark auf den – eigentlich sehr geringen – Autobahnverkehr.

Im schwachen Schein des Halbmondes versuchte Ulla, die Strecke wiederzuerkennen.

Immerhin war sie schon zweimal auf Mallorca gewesen; einmal mit KH allein und einmal mit ihm, Eni und Domi – als Geschenk zu Enis dreißigstem Geburtstag, die nicht den Bremer Rathausplatz als Unverheiratete fegen wollte – zur Schadenfreude ihrer Freunde und Bekannten.

Es fiel Ulla schwer, Bekanntes zu entdecken. Entweder hatte sich vieles verändert oder in der Dunkelheit wirkte die Gegend anders.

Einmal stoppte Manuel auf dem Seitenstreifen, um drei Fahrzeuge der Guardia Civil passieren zu lassen, die sich mit Blaulicht und Sirenen ihren Weg bahnten.

„Ein Unfall", mutmaßte Ulla.

„Hmm. Vielleicht. Vielleicht haben sie auch den Vermissten gefunden." Eher widerwillig gab Manuel diese Information preis.

„Ein Vermisster? Seit wann?"

„Seit vorgestern. Psst."

Manuel legte den Finger an den Mund. Mit einer Kopfbewegung nach hinten deutete er an, dass sie die Kleine nicht aufwecken sollte.

„Ich wusste gar nicht, dass du verheiratet bist", flüsterte Ulla, um das Gespräch nicht schon wieder stocken zu lassen.

„Bin ich auch nicht", sein Mund formte die Worte fast geräuschlos.

„Bitte sei jetzt still. Ich bin froh, dass die Kleine endlich schläft."

Seufzend fügte sich Ulla in das Schweigen.

Glücklicherweise hatte sie sofort nach der Landung KH erreicht, der offensichtlich schon am Telefon gelauert hatte.

„Schön, dass du dich meldest, Liebes!"

Es hatte gutgetan, seine Stimme und seine Erleichterung zu hören.

Er hatte bereits ihre Schwester Ingrid, ihre Kinder Eni und Björn und auch seine eigene Schwester Hilde informiert.

„Alle sind entsetzt und drücken ganz fest die Daumen. Sie wünschen uns viel Kraft. Ich soll sie sofort anrufen, wenn ich etwas Neues weiß."

Ja, wenn!

Ulla sehnte den Moment des Wiedersehens mit Mama herbei und fürchtete sich gleichzeitig schrecklich davor.

Wie lange es wohl noch dauern würde? Wo waren sie überhaupt?

Manuel fuhr schnell auf kurviger Nebenstrecke zwischen Steinzäunen und Obstplantagen, die wenig Orientierung zuließen.

Aber sie hatte den Eindruck, dass er viel zu früh von der MA-13 abgebogen war.

Unmöglich konnten sie jetzt schon in Port d'Alcudia sein.

Vor sich sah sie im schwachen Mondlicht massive Felsen, bizarr gezackt.

Das war doch die Tramuntana, nicht das Meer!

Ein Straßenschild, das sie im Vorbeifliegen entzifferte, bestätigte ihre Vermutung: Sóller 13 km.

„Stopp, Manuel, stopp!"

Ihre harte Ansage weckte die Kleine; sie fing an zu weinen.

„Shh, mein Schatz, es ist alles gut. Schlaf schön weiter." Er nahm die rechte Hand vom Steuer und versuchte, das Bein seiner Tochter im Kindersitz hinter sich zu tätscheln. „Nimm's Däumchen!" Das Weinen verstummte.

Manuel blickte Ulla vorwurfsvoll an. „Es ist wirklich alles gut. Wir sind gleich da. Deine Mutter liegt im Hospital Joan March. Hinter Palmanyola."

★★★

Auf den restlichen Kilometern presste sie so viel wie möglich aus Manuel heraus.

So viel er wusste, waren ETA und Mama heute Morgen zum „Blütengucken" gefahren. Zwischen Santa Maria del Cami und Bunyola würden die vielen Mandelbäumchen gerade ihre volle Pracht entfalten, hatte es in der mallorquinischen Presse geheißen.

Irgendwo in dieser Gegend musste es wohl geschehen sein. Mama war in einem Gebüsch verschwunden, um einem dringenden Bedürfnis nachzugehen, hatte wohl dabei das Gleichgewicht verloren und war gestürzt. Auf den Kopf.

„Wer hat sie gefunden und ins Krankenhaus gebracht?" Ulla wollte Genaueres wissen.

Manuel seufzte.

Seine Mutter hatte ihn angerufen. Er hatte die beiden eine halbe Stunde später auf einer Nebenstrecke entdeckt und Mama wurde ins Krankenhaus gefahren.

„Und deine Mutter, was ist mit der?"

Er sah sie seltsam an, schüttelte den Kopf und blickte starr auf die Straße.

Ulla beschlich ein ungutes Gefühl.

„Was ist los, Manuel? – Bitte, sag mir alles", bat Ulla aufgeregt.

Da fing das Kind wieder an zu weinen.

Dieses Mal wurde es nicht von seinem Vater getröstet. Der fuhr robotermäßig die letzten Kurven des Berges hinauf und hielt dann vor einem großen weißen Gebäude.

„Wir sind da."

★★★

Ihre Mutter sah entsetzlich aus: weißbandagierter Kopf, Schläuche aus der Nase, je ein Schlauch im linken Handrücken und in der rechten Armbeuge. Abschürfungen in der rechten Gesichtshälfte und auf der rechten Hand. Sie war leichenblass und atmete kaum. Ihre Augen waren geschlossen.

„Mama!" Ulla beugte sich vorsichtig über sie und küsste sie zart auf eine freie Stelle im Gesicht.
„Mama, hörst du mich?"
Keine Reaktion. Ulla strich sanft über ihre rechte Hand.
„Ich soll dich herzlich grüßen. Von KH. Und Ingrid und Eni und Björn. Und natürlich von Domi."
Bildete sie es sich ein oder bewegte ihre Mutter wirklich ihre Augenlider?
„Mama", sagte sie beschwörend, „alle wünschen dir gute Besserung. Du sollst ganz schnell gesund werden. Hörst du? Gesund!"
„Das ist genug!"
Eine Ärztin mit müden Augen stoppte Ulla.
„Mehr ist nicht gut für Ihre Mutter. Bitte verstehen Sie das!"
Ihre Aussage erfolgte in fast akzentfreiem Deutsch.
„Kann ich an ihrem Bett sitzenbleiben?"
Das Nein kam prompt und entschieden.
„Sie muss zurück auf die Intensivstation. Dorthin können Sie sie nicht begleiten. Machen Sie sich keine Sorgen. Ihre Mutter ist zäh. Sie wird es überleben."

Ulla meinte, eine Bewegung im Gesicht ihrer Mutter wahrzunehmen.
Sie küsste sie erneut.

„Mach's gut, Mama. Ich bin morgen früh wieder da."

★★★

Auf der Weiterfahrt zum Hotel vermied Manuel jegliches Gespräch. Eine Zeit lang fuhr er auf Nebenstraßen. Als sie das Geheul einer Motorrad-Staffel hörten, bog er in einen Hof und stellte das Licht ab. Ullas Verwunderung veranlasste ihn zu einer Erklärung: „Wegen der Kleinen. Sie hat Angst vor Krach." Mehr war ihm während der gesamten Fahrt nicht zu entlocken. Er lieferte sie im Hotel ab. „Ich fahr dich morgen ins Krankenhaus. Um 9.00 Uhr hier am Eingang! Ciao."

Als er den blauen Golf auf dem Hotelparkplatz wendete, bemerkte Ulla im Schein der vielen Lampen tiefe Schrammen über die gesamte linke Autoseite vom Vorderrad bis zum Hinterrad. Eine dicke Beule verunstaltete die Fahrertür, der linke Scheinwerfer schien nur noch lose in seiner Fassung zu hängen. Und der linke hintere Kotflügel war tief eingedellt.
Sie starrte ihm nach, wurde aber vom Nachtportier aus ihren Gedanken gerissen.
„Bitte, Señora, Ihre Unterlagen und Ihr Schlüssel. Falls Sie noch eine Kleinigkeit essen wollen, die Bar ist bis 2.00 Uhr geöffnet. Viel Spaß in unserem Hotel."

★★★

Trotz allem erfreute sich Ulla am Blick vom Balkon auf den dunkel leuchtenden Pool, an den mondbeschienenen Palmen und natürlich am blass glänzenden Meer.
Vor allem genoss sie aber das Telefongespräch mit KH.
Ihre Erleichterung übertrug sich auf ihn, er wurde deutlich ruhiger.
„Übermorgen haben wir uns ja wieder, Kallilein! Und weißt du, was das Beste ist?"
„Nein, was?"

„Als die Ärztin sagte *Ihre Mutter ist zäh*, hat Mama gelächelt!"
Sie spürte durch die Leitung, dass auch KH erleichtert schmunzelte.

„Typisch Mama", sagte er, „sie ist nicht tot zu kriegen."

3

Neuigkeiten

Beim Frühstück schmeckte ihr der frischgepresste Orangensaft am besten. Ulla füllte sich ein zweites Glas ein, trug es zu ihrem Platz zurück und beobachtete dabei unauffällig ihre Umgebung.

Mehrheitlich ältere Paare zu zweit oder zu viert; einige Singles vereinzelt an Zweiertischen; viele Sportler, vermutlich Fahrradfahrer – männlich und weiblich, gemeinsam an großen separaten Teamtischen, außerhalb des Speiseraums in der Bar. Dort lieferte ein Fernsehgerät ununterbrochen Bilder von der Winterolympiade in Sotchi.

Ulla las die Schilder der Gruppen.
„Racing Team Wales – Sky Team – Racing Team GB. Hmm, seit wann gehört Wales nicht mehr zu Großbritannien?"
Sie würde KH fragen müssen, ob sie etwas verpasst hatte.

Intensiv widmete sie sich ihrer frischen Ananas, der rosa Grapefruit, den Käsewürfeln und dem frischen Brot.
Nur nicht aufschauen, sonst würde wieder eine einsame, auf mondän getrimmte Alte versuchen, sie in ein Gespräch verwickeln wie gestern Abend an der Bar.
„Sie erinnern mich an eine Urlaubs-Bekanntschaft. Sind Sie schon länger hier? Ich komme aus Sachsen-Anhalt und Sie?"

★★★

Letzte Nacht hatte Ulla schlecht geschlafen.
Sie traute ihrer eigenen Interpretation nicht, Mama habe gelächelt.

„Du redest dir das schön, es geht ihr schlecht. Es ist ernst, todernst. Mach dich auf den Abschied gefasst. Sie ist 85!"
Doch dann setzte sich eine andere innere Stimme energisch durch: „Was willst du eigentlich? Du kennst doch deine Mutter! Was hätte sie im umgekehrten Fall gemacht? Wenn sie das Lächeln nicht gesehen hätte – sie hätte es erfunden!"
Ja, das stimmte, das passte zu Mamas unerschöpflichen Optimismus.

Mit dem festen Vorsatz, ab sofort diese Haltung ihrer Mutter zu übernehmen, schlief Ulla tief bis zum frühen Morgen.

★★★

Gerade deshalb wollte sie sich jetzt ihr Frühstück nicht durch irgendeine missmutige Alte verderben lassen.
Aber ein Blick in den Garten war unverfänglich. Sie erfreute sich am blauen Himmel, den Sonnenstrahlen auf Pool und Meer, den sich sanft wiegenden Palmen und den blühenden Alpenveilchen. Eine plötzliche Bewegung ließ sie aufschrecken. Die beiden Gärtner stoppten abrupt ihre Arbeit und starrten direkt durch die Fenster in den Frühstücksraum.

Ulla folgte ihren Blicken.
Guardia Civil und Policia Local!
Zwei von ihnen gingen zielstrebig auf eine Sportlergruppe zu; vier andere verteilten sich im Raum.

Sie spürte einen Ellbogen in ihrem Rücken.
„Der vermisste Fahrradfahrer!", zischte es hinter ihr.
Langsam drehte sie sich um. Sie hasste es, vertraulich angestoßen zu werden.
„Was, bitte?", fragte sie langsam von oben herab in bester KH-Manier.
Sie blickte in das entzückte Gesicht der gestrigen Bar-Bekanntschaft, die plötzlich eine deutlich verjüngte Körperhaltung und eine freudige Miene zeigte.

„Seit Samstag! Der Fahrradfahrer!"

Die pechschwarz gefärbte Frau stand unvermittelt auf, zog sich das Tiger-T-Shirt glatt über die Rundungen an Hüfte und Bauch, schnappte mit ihren rot lackierten Fingern einen Teller und stieß unter dem Vorwand, sich neuen Essens-Nachschub zu besorgen, direkt mit dem jungen Vertreter der Policia Local zusammen.

„*Perdon!* – Entschuldigung, bitte", sagte sie mit dem Versuch eines koketten Lächelns, „vielleicht kann ich weiterhelfen?"

★★★

Als Ulla den Frühstücksraum verließ, wartete Onkel Ed am Bartresen auf sie.

Er schüttelte gerade ein Tütchen Zucker in seinen Espresso, als er Ullas fassungslosen Blick bemerkte.

Er rutschte vom Barhocker – für seine Körperfülle sehr agil, fand Ulla – und kam auf sie zu.

„Ulla? Ich bin ..."

„Elmar!", unterbrach sie ihn. „Entschuldigung, Elmar, ich ... ich war etwas verwirrt. Ich dachte, Onkel Ed ..."

Er grinste verschmitzt. „Ja, ich weiß, dass ich meinem Vater sehr ähnlich sehe."

Nun konnte sie zurücklächeln.

„Nicht direkt, die grünen Augen hast du von deiner Mutter."

Irgendwie war er ihr sofort sympathisch – ganz im Gegensatz zu seinem Bruder. Vielleicht lag es daran, dass er einen Kopf kleiner war als sie und seine notdürftig kaschierte Glatze am Hinterkopf ihr Mitleid erweckte. Vielleicht hatte er aber einfach nur Onkel Eds Charme geerbt. Den setzte er jedenfalls sofort ein.

„Komm, setz dich zu mir. Lass mich eben meinen Espresso austrinken, dann fahren wir los. Möchtest du auch eine Kleinigkeit, vielleicht ein Glas Sekt?"

Natürlich mochte sie Sekt, aber nicht vor dem Besuch ihrer todkranken Mutter.

Als Elmar ihre Vorbehalte spürte, kippte er schnell seinen Espresso, legte einen Fünf-Euro-Schein auf den Tresen und führte sie zu einem roten BMW-Cabrio.

Ulla schmunzelte: „Vor mehr als fünfzig Jahren hat dein Vater mit einem weißen Opel-Kadett-Cabrio unser ganzes Dorf in Aufruhr versetzt! Die Dorfjungs haben eines Nachts dieses schöne Auto auf einem Holzstapel aufgebockt! – Weißt du das noch?"
Nein, er wusste es nicht mehr, er war damals einfach zu klein.

Sie stieg ein und nahm sich fest vor, sich nicht von Elmars Charme vereinnahmen zu lassen. Denn Mamas Warnung aus ihrer Teenager-Zeit fiel ihr ein: „Bei netten Männern musst du vorsichtig sein, Ulla!" Und es gab immerhin viele ungeklärte Fragen.

Sie beschloss, mit leichter Konversation zu beginnen und lobte das schicke Cabrio. Dann erkundigte sie sich vorsichtig nach Manuel und seiner süßen Tochter.
„Ja", sagte Elmar, „Veronica ist die Freude der gesamten Familie."
Geht doch, dachte Ulla, *wenigstens ein Fakt ist klar: Veronica.*
Was als nächstes?

Sie wollte Manuels zerbeultem Auto auf den Grund gehen.
„Ist Manuel krank? Er wollte mich eigentlich abholen."
„Nein, nein", Elmar schaltete den BMW einen Gang höher, „sein Auto muss in die Werkstatt."
„Inspektion?", fragte Ulla unschuldig, „oder Reparatur? Ich glaub, ich hab' ein paar Kratzer gesehen."
„Natürlich Reparatur!" Elmar schmunzelte. „Wenn Elfi ein Auto fährt ..." Seine Stimme versandete.
Ulla war erstaunt. „Wer ist Elfi?"
Elmar warf ihr einen empörten Blick zu, als ob sie gefragt hätte, was der Mond sei.
„Elfi ist unsere Mutter. Abkürzung von Elvira."
Ja, das klang logisch.

„Aber warum? Warum nicht einfach Mama oder Mutti? Und seit wann?", Ulla konnte sich immer noch nicht den Sinn der Kurzform erklären.

Elmar überlegte kurz.

„Warum? Wahrscheinlich, weil sie eitel ist. Und seit wann? Sicher spätestens, als sie sich für fünfzig ausgab und es nicht passte, wenn vierzigjährige Söhne sie mit Mama anredeten."

Auch Elmars amüsiertes Lachen erinnerte sie an Onkel Ed, der die Eigentümlichkeiten seiner Frau immer mit Humor getragen hatte.

Das ermutigte sie, weiter zu fragen und Elmar gab bereitwillig Auskunft.

Nein, ETA lebte vorrangig in Bad Godesberg – dem damaligen Familienheim mit Ehemann Ed – nicht auf Mallorca. Auch Elmar selbst hatte seinen Lebensmittelpunkt in Deutschland.

„Ich hab' in Düsseldorf einen Anteil an einem Restaurant; und meine Frau und meine zwei Töchter freuen sich immer, wenn ich nach Hause komme."

Ja richtig, Jenny hatte ihre Ferien-Sprachschule in Cala Millor beibehalten. Sie wollte diese nur im nicht-profitablen Mallorca-Winter durch ein Senioren-Wohnheim ergänzen.

Aber als Ulla sich an das heikle Thema herantastete und fragte, wie es ETA derzeit ginge, wich er mit einem achselzuckenden „Keine Ahnung" aus.

Doch nun begann er seine Fragerunde.

„Wie geht es Karl-Heinz? Wann wird er hier sein?"

Sie war irritiert. „Wem? Wie geht es wem? Meinst du KH?"

Als Elmar nickte, lächelte sie.

„Wenn du es dir nicht mit KH verderben willst, nenn ihn nie Karl-Heinz. Er heißt Karl-Heinrich. Aber der Name ist viel zu altmodisch. Also nur KH – Ka-Ha. Wie im Alphabet. Punkt."

Elmar grinste. „Na, dann wird er sich ja gut mit Elfi verstehen!"

★★★

Die Kabel aus Mamas Nase waren entfernt. Sie sah ein bisschen weniger blass aus und atmete ruhiger. Auf Ullas Kuss reagierte sie mit einem deutlichen Augenflattern.

Ulla hatte den Eindruck, dass Mamas Mund sich bewegte.

„Mein Kind …"

„Ja, Mama, ich bin hier und alle anderen sind in Gedanken fest bei dir!"

Ulla versuchte, sicher und zuversichtlich zu klingen.

Der junge, zugewandte Doktor sprach genau wie die Ärztin gestern Abend gut Deutsch.

Elmar fand dies überhaupt nicht überraschend, schließlich studierten viele spanische Mediziner in Deutschland oder absolvierten dort ein Praktikum.

Daher brauchte er nicht zu übersetzen und er konnte sich eine kleine Erfrischung gönnen.

Ulla sprach also allein mit dem Arzt.

Er war überzeugt, dass Mama gute Chancen zur Genesung hatte.

„Wie tief ist sie denn gefallen?" Ulla wollte Genaueres zu dem Unfall wissen.

„Wieso gefallen?", fragte er erstaunt zurück, als ob er sie nicht richtig verstanden hätte.

Ulla erläuterte geduldig in langsamem Deutsch: „Sie ist doch beim … beim Pipimachen abgerutscht und verunglückt."

Der Arzt schüttelte den Kopf. „Nein, wir gehen von einem Autounfall aus."

Ulla starrte ihn entgeistert an. „Autounfall, wieso denn Autounfall?"

„Ich denke, sie ist ausgerutscht und einen Abhang hinunter gestürzt …!?"

Der junge Doktor seufzte und schien zu überlegen.

Dann hob er vorsichtig die Bettdecke und zeigte Ulla einen dicken Bluterguss an der Innenseite von Mamas linker Wade.

„Diese Verletzung kann von einer Stoßstange herrühren. Ein heftiger Schlag gegen die Wade; sie hat ihr Gleichgewicht verloren und ist durch die Luft geschleudert worden. Wahrscheinlich ist sie mit ihrem Kopf auf einem Felsbrocken oder einem anderen harten Gegenstand aufgeschlagen."

Als er Ullas ungläubigen Blick sah, verteidigte er sich: „Bei einem tiefen Fall hätte sie viel mehr Abschürfungen am ganzen Körper haben müssen und wahrscheinlich auch innere Verletzungen."

Ulla war fassungslos.

Ihre Sprachlosigkeit tat dem jungen Arzt leid. „Das ist jedenfalls unsere Theorie: Autounfall. Vielleicht sollten Sie die Polizei einschalten?", schlug er fragend vor, als er sich erhob.

***

Als sie Schritte auf dem Krankenhausflur hörte, brach sie abrupt die Kurzwahl ab und ließ ihr Handy schnell und unauffällig in ihrer Jackentasche verschwinden. Sie musste KH später informieren.

Jetzt hieß es erst einmal, klaren Kopf zu bewahren.

Sie küsste Mama zum Abschied, deren Gesicht einen zufriedenen Ausdruck zeigte.

Elmar öffnete die Tür und kam auf Zehenspitzen näher. „Tante Lilo, was machst du denn für Geschichten? Wir alle wünschen dir gute Besserung."

Bildete Ulla es sich ein oder zeigte sich wirklich die steile Unmutsfalte über Mamas Nase, wie immer, wenn Mama sich ärgerte?

Am Empfang fragte sie nach persönlichen Gegenständen ihrer Mutter. Der freundliche Portier schaute in seinen Büchern nach.

Ihre Mutter war als Notfall eingeliefert worden.

Bewusstlos.

Nur was sie am Körper trug, war registriert worden.

Falls Ulla es wünschte, konnte sie die Kleidung sofort mitnehmen. Die beiden übereinander getragenen Eheringe waren an Mamas rechtem Ringfinger verblieben, weil sie bei der medizinischen Behandlung nicht störten.

Nein, es gab keine weiteren Gegenstände. Keine Handtasche. Keinen Rucksack. Kein Handy. Keinen Hotelschlüssel. *Nada de nada.* Überhaupt nichts.

4

Verdächtig

„Du musst sofort diese ETA sprechen", schlug ihr KH am Telefon vor. „Das hört sich doch verdammt seltsam an."

Wieder im Hotel angekommen, nutzte Ulla KHs kluge Logik, um mit ihm verschiedene Möglichkeiten zu diskutieren.

„Glaubst du, dass Mama vielleicht keinen geeigneten Platz zum Pipi machen auf ihrer Straßenseite gefunden hat und dann beim Überqueren der Straße von einem unbekannten Auto erfasst wurde? ETA hat dies vielleicht nicht bemerkt – laute Musik – oder sie war abgelenkt. Später hat sie dann Mama im Gebüsch gefunden hat, als sie sie suchte, weil die nicht zurückkam?"
Ulla wusste nicht, ob ihre Stimme ihre eigenen Zweifel widerspiegelte.

KH klang skeptisch: „Ich weiß nicht. Genauso gut kann diese ETA aus Versehen den Rückwärtsgang eingelegt und deine Mutter angefahren haben."
Ulla war erschrocken. „Nein, das hätte sie dann doch im Krankenhaus gesagt. Warum sollte ETA lügen?"
„Und wie erklärst du die Unfallspuren an Manuels Auto?" KH ließ sich nicht überzeugen. „Schließlich hat der andere Bruder doch angedeutet, dass ETA gefahren ist, oder nicht?"
„Das hätte er aber nicht getan, wenn seine Mutter diejenige gewesen wäre, die Mama angefahren hätte", wandte Ulla ein.
„Hätte, hätte!", KH wurde ungeduldig. „Du hast mir doch eben selbst die Dellen beschrieben!"

„Ja, aber – die können doch eine ganz normale Ursache haben. ETA hat einfach ein Hindernis beim Rückwärtsfahren übersehen oder ...“ Ullas Stimme verstummte, weil sie kein Argument mehr fand.

„Ich hab' keine Lust auf weitere Theorien“, schnitt KH einen möglichen weiteren Redefluss ab.

„Am besten sprichst du mit ETA. Oder“, er zögerte nur einen kurzen Moment, „du schaltest gleich die Polizei ein.“

★★★

Ulla entschied sich gegen die Polizei.

Erstens war alles viel zu unklar; auch der junge Arzt hatte ja nur von „unserer Theorie“ gesprochen. Zweitens wollte sie ihre Verwandten, die Mama immerhin eingeladen hatten, nicht verärgern. Drittens sprach sie kein Spanisch.

Nein, es würde sich alles aufklären. Falls nicht, könnte sie sich immer noch an die Polizei wenden.

Eigentlich hätte sie wissen müssen, dass dies die falsche Entscheidung war.

★★★

Weder Manuel noch Elmar gingen an ihre Handys. Von ETA hatte sie keine Nummer, erst recht nicht von Jenny.

Also, was nun?

Ulla beschloss, ihren Balkon auszuprobieren.

Ja, der Blick war wie im Urlaubsprospekt angezeigt: Pools unter Palmen, Sonnenliegen zwischen blühenden Blumen, dahinter weißer Sandstrand; zum krönenden Abschluss von türkis bis dunkelblau schattierendes Meer.

Ulla wählte die Nummern aufs Neue. Wieder keine Antwort. Sie verbot sich schlechte Gedanken.

Nochmal wählen – wieder kein Ergebnis.

Ulla fröstelte. Ihr Balkon lag gegen Osten, also erreichte ihn keine frühe Nachmittagssonne.

Sie beschloss, ihre weiteren Anrufversuche unten im Garten auf einer der Sonnenliegen durchzuführen.

Als sie ihr Zimmer eilig verließ, wäre sie fast mit einem der Zimmermädchen zusammengestoßen, die ihren Putzwagen vorbeischob. Ach nein, Room-Service hieß das ja heutzutage.

Ulla entschuldigte sich und fing einen merkwürdigen Blick ein.

Als sie am Fahrstuhl wartete, hatte sie den Eindruck, dass die junge Frau ihr nachkam und sie prüfend anschaute.

Quatsch, nun fang nicht an, zu spinnen, wies sie sich selbst zurecht. *Du hast ja nichts Unrechtes getan. Selbstverständlich kannst du nachmittags allein aus einem Hotelzimmer kommen!*

Aber auch die Sonnenliege hatte Tücken.

Zwar erwärmte sich Ulla schnell, aber nun blendete das Display ihres Handys. Wieder keine Antwort.

Ulla beschloss, ihre Nachrichten zu überprüfen.

Sie seufzte. Nichts von Manuel oder Elmar, dafür drei Hinweise auf Anrufe von KH – offenbar als sie sich noch im Flugzeug befunden hatte.

Mehrfach Werbung von Vodafone bezüglich günstiger Tarife in Spanien.

Und zwei Nachrichten von Eni.

Ulla freute sich. Wenigstens ihre Tochter war zuverlässig.

Die erste Botschaft stammte bereits von Sonntagabend, als sich Ulla und KH noch völlig unwissend am Konzert in der Alten Oper erfreut hatten.

Ulla stolperte über einen Satz und las noch einmal:

Domi hat Schnupfen, besonders im rechten Nasenloch. Sonst geht's uns gut. Uroma ist ungezogen. Haben euch lieb Eni und Domi.

Eine typische Eni-Nachricht: *„besonders im rechten Nasenloch"*!

Natürlich konnte ein Vierjähriger Schnupfen haben, vor allem im norddeutschen Februar. Kein Grund zur Besorgnis, sogar nicht für Oma Ulla, die den kleinen Dominic fest in ihr Herz geschlossen hatte.

Seltsam war eher die Bemerkung über Uroma.

Normalerweise ließ Eni nichts auf ihre Oma, Ullas Mutter und Domis Uroma, kommen.

Aber Enis Zorn war leicht zu erregen; anscheinend hatte es jetzt sogar die geliebte Uroma erwischt.

Allerdings: „Komische Wortwahl – ungezogen. Mama ist doch kein Kind mehr."

Offenbar hatte Ulla laut vor sich hingeredet, denn sie bemerkte die sonderbaren Blicke eines jungen Gärtners, der in ihrer Nähe ein Beet harkte.

Nerven behalten, Ulla!

Sie baute sich selbst auf, bevor sie Manuels und Elmars Nummern erneut wählte. Wieder nichts.

Die zweite Nachricht Enis stammte vom Dienstagvormittag, war also erst vor wenigen Stunden gesendet worden: *Domi musste ein Knopf aus dem rechten Nasenloch entfernt werden. Dein Knopf. Sonst geht's uns gut. Grüß Uroma. Haben dich lieb Domi und Eni.*

Offenbar war der Streit mit Uroma nicht so schlimm gewesen oder Eni hatte ihn angesichts des Unfalls vergessen.

Oder sie hatte ihren Ärger nun auf Ulla verlagert – *dein Knopf* deutete darauf hin.

Ulla verdrängte weitere Gedanken und wählte erneut.

„*Hola*", sagte eine vergnügte Kinderstimme.

Ulla schaltete schnell: „Hallo, ich meine, *Hola. Hola*, Veronica. Du bist doch Veronica, oder?"

„*Sí*, und wer bist du?"

„Ich bin Ulla. Du hast mich gestern mit deinem Vater vom Flughafen abgeholt. Aber du hast mich nicht gesehen, du hast geschla ..."

Veronica protestierte plötzlich lautstark und Ulla hörte Manuels Stimme.

„*Hola. En que puedo ayudarie?* Was kann ich für Sie tun?

„Manuel, ich möchte gern ETA sprechen."

Keine Reaktion.

„Hier ist Ulla. Es ist wichtig."

Ulla hörte schnelle Schritte, dann räusperte Manuel sich.

„Du kannst ETA nicht sprechen. Das geht nicht. Sie schläft."

„Dann weck' sie auf, es ist wirklich sehr dringend. Wegen Mama."

Ulla spürte, wie ihre Empörung ihr fast die Stimme abschnitt. Mama lag bewusstlos im Krankenhaus und ETA hielt ein Mittagsschläfchen, als ob nichts geschehen sei!

In Manuels Telefon knatterte ein Motorrad vorbei. Offensichtlich war er nach draußen gegangen.

„Hör zu, Ulla", er schrie beinahe, „lass uns endlich in Ruhe! Wir haben unsere eigenen Sorgen. Deine Mutter interessiert uns nicht. Verstanden?"

Einzig Ullas Zorn verhinderte, dass sie sprachlos auflegte. „Entweder ich kann jetzt mit ETA sprechen oder ich informiere die Polizei!", drohte sie, über sich selbst erstaunt.

Manuel seufzte. „Du kannst ETA nicht sprechen. Sie ist bewusstlos. Der Arzt hat ihre eine Spritze gegeben."

„Wieso …?" Ulla fühlte sich überrumpelt.

Manuel fiel ihr ins Wort. „Sie hatte einen Nervenzusammenbruch", flüstere er.

Dann legte er auf.

***

KH beantwortete weder das Telefon noch sein Handy. Ulla prüfte ihre Uhr – halb vier, Zeit zum Packen. Er würde sich den Koffer aus dem Keller holen.

Vielleicht war es auch besser, wenn er jetzt keinen Kommentar abgeben konnte. Schließlich schien er mit seinen Vermutungen über Mamas Unfall die richtige Spur getroffen zu haben.

Zur Ablenkung entschied sich Ulla für einen Strandspaziergang.
Ein Lichtbad würde ihr guttun!

Um diese Zeit sonnten sich im Hotelgarten deutlich weniger
Gäste.

Als Ulla einen Blick um die Hausecke warf, sah sie hinter einem breiten Oleanderstrauß das Zimmermädchen von heute
Morgen und den jüngeren der beiden Gärtner in einem vertrau-
ten Gespräch. Womöglich hatten sie sich sogar geküsst. Jedenfalls strebten sie sofort schuldbewusst auseinander, als sie Ulla
bemerkten.

Das tat Ulla leid.

Auch strenge Arbeitgeber, fand Ulla, mussten Frühlingsgefüh-
le bei ihren Angestellten tolerieren! Selbst dann, wenn sich Gäste beschwerten!

Ein himmelblauer Latexpfad stieß direkt an den Hotelgarten; offenbar führte er vom Hafen nach Can Picafort.

In den Osterferien vor fünf Jahren hatten KH und sie eine schöne
Zeit in einem dortigen Apartment-Hotel verbracht und sie waren häufig am Strand entlang Richtung Port d'Alcudia gelaufen.

Damals hatten sie das wunderbare Berg-Panorama hinter der
blauen Bucht genossen, die netten Hotels und wohlhabenden
Sommerhäuser bewundert.

KH und sie hatten phantasiert, wie es wäre, selbst einmal Besitzer einer Strandvilla zu sein.

Ulla bog nach rechts. Sicherlich würden sie die alten Erinnerungen aufmuntern.

Jetzt im Februar wirkte der Strand deutlich ruhiger als damals
Ende März.

Viele Hotels waren noch geschlossen. Fensterläden oder feste
Gardinen verdeckten den Blick in die meisten Ferienwohnungen und Häuser.

Auffällig viele *sa vendre – for sale* Schilder.

Das hatte es vor fünf Jahren nicht gegeben; Ulla war sich sicher. Wahrscheinlich zeigten hier die spanische Finanzkrise und die von der EU verordneten drastischen Einsparmaßnahmen ihre Wirkungen. Vereinzelt erledigten Handwerker Reparaturarbeiten; ein einsamer Gärtner säuberte Wege.

Die wenigen Spaziergänger bestanden aus älteren Menschen; viele führten Hunde mit. Häufig nutzten sie ihre Hunde als Grund, um mit anderen Hundebesitzern ins Gespräch zu kommen. Ein alter Mann quietschte selbstvergessen auf einer gelben Gummi-Ente, bevor er sie fortwarf, damit sein schwarz-weiß gefleckter Liebling sie freudig schwanzwedelnd apportieren konnte. Ein junger Vater warf sein jauchzendes Baby in die Luft, während die Mutter in Ruhe auf einer Bank ein Buch las. In der Ferne sah sie Reiter, die ihre braunen Pferde ins Wasser trieben. Und natürlich Jogger – meist junge Paare oder Frauen mittleren Alters –, die aufeinander Rücksicht nahmen. Im Schnellsprint einzig Männer, offenbar getrieben vom ehrgeizigen Willen, das schnellste Tempo vorzulegen. Nur die Hubschrauber am blauen Himmel störten die Idylle.

Ulla entfernte sich vom Wasser und stapfte gerade durch den weichen Sand in die mit Pinien bewachsenen Dünen, als KH anrief. „Was ist, Liebes? Tut mir leid, ich war im Keller, als du angerufen hast und hab's jetzt erst gemerkt. Geht's dir gut?"

Ja, es ging ihr erstaunlich gut, in ihr war sogar etwas wie Urlaubsstimmung aufgekommen. Das sagte sie ihm. „Und weißt du, wo ich jetzt stehe? Vor diesen Doppelhaus-Villen im spanischen Stil, sandbraun, große Balkons mit gedrehten Balustraden und handgearbeiteten Tonziegeln auf dem Dach. Jedenfalls sehen sie handgearbeitet aus, auch wenn sie maschinell gefertigt wurden. Erinnerst du dich noch daran? Ich glaub, jetzt sehe ich unsere Traum-Villa. Die mit den Ananas-Palmen und den Azaleen und dem Oleander im Garten. Hier blühen schon ein paar von diesen südamerikanischen Kakadu-Blumen, Strelitzien oder so."

KH musste lachen: „Ich merke, dir geht es besser, Liebes. Schön. Ich muss jetzt packen. Bis später."

Durchs Telefon tauschten sie Küsse aus und Ulla hatte seit vielen Stunden zum ersten Mal das Gefühl, dass alles gut ausgehen könnte.

Leider erwies es sich als falsch.
Zwei Hubschrauber landeten plötzlich nahe an der Wasserlinie. Polizei!
Die Reiter legten an Geschwindigkeit zu, um sich ihnen zu nähern. Ulla erkannte, dass es sich um berittene Polizei handelte. Sie zogen Netze hinter sich her. Wahrscheinlich hatte es etwas mit dem Vermissten zu tun. Ulla wendete ihren Blick ab und nahm ihr Nordic Walking Tempo an, um schnell ihr Hotel zu erreichen.

Sie hatte keine Lust auf eine Leiche.

★★★

Bei ihrem nächsten Anruf meldete sich Elmar sofort, aber er war kurz angebunden.
„Hör zu, ich sitze gerade am Steuer und die spanische Polizei handhabt das Handy-Verbot streng. – Wie, Nervenzusammenbruch? Na und? Den hat Elfi doch dauernd! Kein Grund zur Sorge – sie ist halt hysterisch." Er lachte.
Nach ihrer nächsten Frage schlich sich Vorsicht in seine Stimme.
„Was gehen mich Manuels Auto-Reparaturen an? – Nein, ich hab' nicht gesagt, dass ETA gestern Morgen Manuels Auto gefahren hat. – Was? Nein, nein, ich meinte: ETA fährt manchmal Manuels Wagen und ihr passieren halt mal Schrammen. Mehr nicht." Mehr nicht.

Weiter war ihm nichts zu entlocken. Dennoch oder vielleicht gerade deswegen hatte Ulla den Eindruck, dass KH leider nicht so falsch mit seinen Vermutungen lag.

Erneuter Anruf bei Manuel. Besetztzeichen. Nach drei weiteren Versuchen war die Leitung endlich frei, aber es meldete sich niemand.

Ulla hatte die Hoffnung schon aufgegeben, als sie eine Frauenstimme hörte. „*Si, en que puedo servirle?* – Sie wünschen, bitte?"

„Ich möchte gern Elvira sprechen – oder Elfi. Bitte, es ist dringend." Ulla hoffte, dass ihr flehender Ton eine Frau weich stimmen würde.

Vergeblich.

„Elfi? – Elfi nicht hier. Elfi im Flugzeug. Nach Deutschland."

5

Spuren

Natürlich belog Ulla sich selbst mit ihrer Rechtfertigung, dass sie KH nicht anrufen konnte, weil sie ihn nicht beim Packen stören sollte. Womöglich vergaß er dann Wesentliches: den Ausweis, das Handy-Ladegerät, das Flugticket.

Außerdem brauchte sie erst einmal ein Taxi, denn keiner der beiden Gordon-Brüder würde sie heute Abend zu Mama fahren, da war sie sich sicher. Egal, sie wollte sowieso lieber mit Mama allein sein.

Der Portier oder Rezeptionist – sie würde Nils, KHs als Hotelmanager arbeitenden Sohn, fragen müssen, wie dies heutzutage korrekt hieß – zeigte sich sehr beflissen, bestellte ein Taxi und sprach sie sogar mit Mrs Wokkel an, obwohl er sie gestern Abend nicht eingecheckt und sie ihren Namen nicht genannt hatte. Als ihr dies seltsam vorkam, riss sie sich bewusst zusammen und fragte sich, ob sie inzwischen an Verfolgungswahn litt. Sicherlich gab es irgendeine harmlose Erklärung. Dennoch prägte sie sich sein Namensschild ein. Xavier. Mehr bayrisch als spanisch, fand sie.

Als Ulla ihre Tür öffnen wollte, stand plötzlich das Zimmermädchen, nein, der Room-Service neben ihr. „Señora, *scusi*. Come, Madam, please."
Sie wirkte aufgeregt. Instinktiv folgte ihr Ulla in einen kleinen Nebenraum, in dem sich Wäsche und Putzmittel stapelten.
„Sorry. I – sorry. My name Anna-Maria. I like your mother – *abueltia*. All like *abuelita*. Horrible – terrible accident."

Ulla war ratlos. Was war das nun wieder?

Natürlich war dies ein schrecklicher Unfall.

Aber wie konnte das Personal des Hotels, in dem Mama erst ab morgen wohnen sollte und vorher nie gewohnt hatte, etwas von ihr wissen?

Offenbar spürte Anna-Maria ihre Zweifel.

„Come", sie winkte, „come with me!"

Im vierten Stock öffnete sie eine Tür und ließ Ulla den Vortritt: „See?"

Ulla sah, aber konnte es nicht glauben: Mamas Koffer, wohl bekannte Kleidungsstücke, Mamas Rucksack, zwei Familienfotos – einmal Ulla mit Mama, Ulla, Eni und Domi und das andere zeigte Mama mit Ingrid, deren Tochter Steffi und Urenkel Bastian.

Die Reiseführer, die Ulla ihr als Weihnachtsgeschenk besorgt hatte, lagen auf einem kleinen Tisch. Sogar Mamas Geruch hing im Raum.

„Ja, aber …", Ulla drehte sich um.

Anna-Maria legte den Zeigefinger an die gespitzten Lippen, zog sie aus dem Raum und hauchte ein verschwörerisches „Sshh".

★★★

Völlig fassungslos fand sich Ulla am Geländer ihres eigenen Balkons wieder und wusste nicht, wie lange sie schon auf das Meer – immer noch strahlend blau – gestarrt hatte.

Mama war vor vier Wochen in eine Seniorenresidenz auf Malle abgereist.

Wieso befanden sich ihre Habseligkeiten bereits in dem Hotel, das sie erst morgen mit Ulla und KH beziehen sollte?

Was war passiert? Ulla versuchte gerade, ihre Gedanken zu sortieren, als das dreimalige Piepen ihres Handys eine neue Nachricht ankündigte.

Plötzlich, ein Gedankenblitz: Was, wenn sich bei Enis unzähligen täglichen Mails ein Tippfehler ...

Ulla drückte die Kurzwahltaste und in Sekundenschnelle hörte sie die atemlose Stimme ihrer Tochter: „Mama, was ist? Geht's dir gut? Was ist mit Uroma?"

Ulla versuchte, Beruhigung auszustrahlen. „Deine Oma lächelt schon wieder." Sie hoffte, dass ihr diese Notlüge verziehen würde und tastete sich an das eigentliche Thema heran.

„Hattest du mit Oma am Sonntag Streit?"

„Wieso Streit? Oma und ich haben uns nett unterhalten."

„Na ja", Ulla zögerte angesichts des unberechenbaren Temperaments ihrer Tochter, „du hast mir doch geschrieben, dass Uroma ungezogen ..."

„Ungezogen? Ich hab' nie ‚ungezogen' geschrieben. Umgezogen, Mama, umgezogen! Setz mal deine Brille auf."

Typisch Eni, nie würde sie einen Fehler zugeben.

Ulla mahnte sich zu innerer Ruhe. Nicht kommentieren, beschwor sie sich. Stattdessen fragte sie vorsichtig und möglichst geduldig: „Wieso ist Oma denn umgezogen?"

„Weiß ich's? Wahrscheinlich, weil diese ETI oder ETO, na jedenfalls diese Frau im Rollstuhl, das Altenheim scheiße fand und Oma ein Hotelzimmer bezahlt hat, damit sie sich um sie kümmert."

Ulla war sprachlos.

Als sich die Pause dehnte, fügte Eni beschwichtigend hinzu: „Oma hat sich natürlich feiner ausgedrückt."

Ulla versuchte, den wesentlichen Kern der Neuigkeiten zu erfassen.

„Wie kommst du darauf, dass ETA im Rollstuhl sitzt?"

Eni zeigte sich überrascht: „Mama, was weißt du eigentlich? Natürlich hat Oma mir das gesagt."

Sofort fühlte Ulla sich schuldig. Hatte sie nicht intensiv genug mit ihrer Mutter gesprochen?

Sie versuchte, durch ein neues Thema abzulenken.

„Und was ist mit Domi? Wieso hatte er einen Knopf in der Nase?"

Nun platzte Enis Geduld endgültig.

„Mama, was soll das? Natürlich, weil du ihm Knöpfe zum Spielen gegeben hast, als wir bei euch zu Besuch waren. Ich hab's dir ja gleich gesagt!"

Ulla merkte, wie sie die Nerven verlor.

Sie schrie beinahe ins Telefon. „Na und? Jedes Kind kann ganz normal mit Knöpfen spielen. Warum muss ausgerechnet Domi sie sich in die Nase stecken!?", *... und dann noch auf meine Frage behaupten, er hätte es nicht getan*, wollte sie ergänzen.

Aber da hatte Eni schon wütend aufgelegt.

Glücklicherweise meldete sich wenig später der Portier oder Rezeptionist – sie hatte natürlich Nils noch nicht befragen können – mit dem Hinweis, ihr Taxi warte auf sie.

Sie ließ sich auf die Rückbank fallen, murmelte die Adresse des Krankenhauses und versuchte, KH zu erreichen. Sie brauchte jetzt unbedingt seinen Rat und seinen Trost.

Er antwortete nicht. Konnte es sein, dass er sich schon im Sicherheitsbereich des Frankfurter Flughafens befand und sein Handy ausgeschaltet hatte?

Eigentlich nicht. Wahrscheinlich war er ihrem Rat gefolgt und hatte sich schlafen gelegt.

Irgendwie, fand Ulla, hatte sie ihr Zeitgefühl verloren.

Sie hoffte inständig, dass KHs Handy nicht ausgefallen war oder dass er es nicht verlegt hatte. Hoffentlich lud er es regelmäßig auf!

Ohne KH würde sie dies alles nicht überstehen, davon war Ulla überzeugt.

Glücklicherweise rief er sofort zurück: „Ja, Liebes?"

„Kalli, ich liebe dich. Und ich brauche dich. Komm sofort."

Nicht nur sie selbst war von ihrem Gefühlsausbruch überrascht, auch der Taxifahrer nahm seine Augen von der Fahrbahn und starrte sie im Rückspiegel an. Sprach er etwa Deutsch?

„Ulla, was ist los?" KH war wie immer in Krisensituationen die Ruhe und Sachlichkeit in Person.

Sie zwang sich zur Mäßigung.

„Eigentlich ... eigentlich nichts, KH. Oder doch. Mama hat offensichtlich schon in unserem Hotel gewohnt. Und ETA ist abgereist – vielleicht ist sie abgereist worden. Wahrscheinlich hast du recht, wir müssen die Polizei einschalten. Es riecht verdammt nach Unfallflucht."

Sie fand selbst, dass ihre Stimme schrill klang.

Der Taxifahrer musterte sie nun ganz unverhohlen.

Flüsternd fuhr sie fort: „Vielleicht bilde ich mir auch alles nur ein. Ich kann hier nicht sprechen, ich fahre gerade im Taxi zu Mama. – Schlaf jetzt, KH. Morgen früh haben wir uns wieder. Ruf mich vorm Abflug an. Versprich es mir, Kalli."

Natürlich versprach er es.

Sie versuchte, den forschenden Blicken des Taxifahrers auszuweichen, indem sie die Augen schloss.

★★★

Nein, es war keine Einbildung: Mama lächelte, als Ulla sie küsste. Auch das Ausmaß des Kopfverbands hatte sich verringert.

„Morgen können wir sie auf eine Normalstation verlegen", sagte die Ärztin. „Sie macht gute Fortschritte."

Ulla hielt Mamas Hand und erzählte viele nette Geschichten – von Domi und Bastian, von Mandelblüten und blauem Meer, von Mamas Schwiegersöhnen, KH und Richard, sogar von Ullas Ex-Mann Hubert, mit dem Mama immer noch guten Kontakt pflegte, von Ingrid und ihrem Hund.

„KH kommt morgen. Wir besuchen dich sofort."

Mamas Lächeln verstärkte sich.

Zum Abschied fühlte Ulla zum ersten Mal einen Händedruck ihrer Mutter.

Ihre Augen öffneten sich kurz.

„Hon", flüsterte sie krächzend.

„Hon, Mama? Was ist das?"

Mama wirkte angestrengt. „Ho-Hon!"

„Hon?", fragte Ulla zurück. „Wie in *Me bruchen nix, me hon alles?*"

Sie versuchte, ihre Mutter mit diesem Zitat von Mamas Schwägerin im heimatlichen Dialekt aufzuheitern. Aber die Steilfalte über Mamas langer, spitzer Nase verstärkte sich.

Falsch, Ulla merkte es sofort; „hon" bedeutete etwas anderes. Aber was?

***

Die Rückfahrt verlief ereignislos – vorerst jedenfalls. Ulla versuchte, sich zu entspannen und nicht dauernd über die Bedeutung des Wortes „Hon" nachzudenken.

Lass locker, Ulla, ermahnte sie sich selbst, *die Bedeutung fällt dir irgendwann zufällig ein. Sie kommt nicht, wenn du es erzwingen willst.*

Plötzlich trat der Taxifahrer scharf in die Bremsen und gestikulierte wild.

„*Policia!*"

„Warum? Was ist los?", wollte Ulla wissen.

„Gefunden! Spuren sichern." Der Taxifahrer schien nicht glücklich.

„Wen haben sie gefunden? Den Vermissten?"

„*No, no*", der Taxifahrer schüttelte den Kopf, „nur Fahrrad."

Ulla fühlte sich verunsichert. „Das Fahrrad? Hier? Aber ich dachte, er sei im Meer ..."

„*No, no* Meer. Hier Fahrrad."

Der Taxifahrer versuchte, sein Fahrzeug weiter voran zu bewegen.

„Hoffentlich finden sie bald Mann. Sonst immer suchen und Stau – schlecht für Geschäft."

Neugierig schaute er dann Ulla an: „Ihre Mutter – Unfall. Hier?"
Die starke Betonung suggerierte einen Zusammenhang zwischen
Mamas Unfall und dem gefundenen Fahrrad.
Ulla wich aus: „Wir wissen es nicht genau."
„Schlimm, schlimm", der Taxifahrer schüttelte den Kopf, „Un-
fall und vermisster Mann – was noch? Vielleicht Leiche?"

Glücklicherweise winkte ihn ein Polizist durch den Stau und er
musste sich auf den Straßenverkehr konzentrieren.

***

Ein langes Telefongespräch mit ihrer Schwester Ingrid ergab au-
ßer gegenseitigem Trost und dem festen Vertrauen, dass Mama es
es schaffen würde, nichts Neues.
Nein, auch Ingrid wusste nichts von einem Umzug ins Hotel.
Allerdings hatte Mama angedeutet, dass es mit ETA „nicht so
einfach" sei.
„Wieso? Hat sie gesagt, was sie damit meint?"
„Offenbar war die Seniorenresidenz nicht so komfortabel, wie
dies ETAs Ansprüchen entsprach. Und zwischen ETA und Jen-
ny gab es immer wieder Streit."
„Weißt du, dass ETA inzwischen im Rollstuhl sitzt?"
Ingrid war verblüfft.
„Nein, davon hat Mama nichts erzählt." Sie überlegte und fügte dann
hinzu: „Aber ETA hatte ja immer was, um sich wichtig zu machen.
Denk dran, was Mama über die Krücken erzählt hat. Vielleicht ist
es dieses Mal der Rollstuhl, damit sich Mama um sie kümmert!"

Ulla erinnerte sich dunkel. Angeblich hatte ETA vor einem Jahr
beim Wandern einen Kniebruch erlitten und brauchte unbedingt
Hilfe. Mama hatte jedoch von einer anderen Cousine erfahren,
dass „dies alles nur eine Masche" sei und ETA „nur einen Dum-
men sucht, der sich um sie kümmert".
„Ich fahr doch nicht hin und mach ihr den Haushalt und guck
ihr beim Cognactrinken zu!", hatte Mama damals entschieden.

Ingrid riss sie aus ihren Gedanken: „Du weißt doch selbst, wie ETA ist – ein bisschen exzentrisch. Ich hab' übrigens den Eindruck, zum Alkohol sind nun auch noch Tabletten gekommen."

Auch keine vertrauenserweckende Gewohnheit für eine Autofahrerin.
Ulla biss sich auf die Zunge. Sie musste ja ihre Schwester nicht zusätzlich beunruhigen.
Ingrid versprach, sich um ETAs Adresse in Deutschland zu kümmern. Morgen würden sie wieder telefonieren.

★★★

Beim Abendessen fand sie eine veränderte Atmosphäre vor.
Die Sportler schienen aufgeregt. Sie wirbelten zwischen den einzelnen Mannschaftstischen hin und her und schienen sich intensiv auszutauschen.
Auch die Senioren und Seniorinnen gaben ihre abgegrenzten Gebiete auf und unterhielten sich über die Zweier- und Vierertische hinweg.
Ulla hatte sich üppig vom Salatbüffet bedient und bemerkte erst auf dem Rückweg, dass ihr Tisch sich direkt neben dem ihrer kontaktfreudigen Bar-Bekanntschaft von gestern Abend befand.
Aber es bestand kein Anlass, sich zu verstecken, denn ihre Nachbarin war nicht mehr allein.
Als Gesprächspartnerin hatte sie das genaue Gegenteil von sich selbst gefunden. Eine ältere, robuste Dame in bodenständiger Kleidung: grauer Faltenrock, karierte, hochgeschlossene Bluse unter einer dunkelgrünen Weste, schwarze Socken in soliden Halbschuhen, praktische Kurzhaarfrisur aus den 80er Jahren des vergangenen Jahrhunderts. Ihr einzig modisches Zugeständnis bestand darin, dass sie ihre grauen Haare braun gefärbt hatte – offenbar eigenhändig.

Das schloss Ulla jedenfalls aus der nicht gleichmäßig verteilten Farbe und aus dem absolut unpassenden Braun-Schwarzton, der ihrem Gesicht eine unangemessene Härte gab.

Jede gute Friseurin, dachte Ulla, *hätte mit einem anderen Farbton die kurze Stupsnase und den schön geschwungenen Mund betont und damit mehr Freundlichkeit in ihr Gesicht gezaubert* – auch wenn dies wegen der heruntergezogenen Mundwinkel nicht leicht war.

Wohl oder übel musste Ulla dem lautstarken Gespräch der beiden älteren Damen lauschen, während sie an ihrem Wein nippte und die Salatkreationen genoss.

Anfangs drehte es sich um Ausflüge.

„Eigentlich wollten wir heute nach El Kanada gehen", erklärte die Mondäne, die anlässlich des Abendessens über den tiefen Ausschnitt ihres enganliegenden Tiger-Shirts eine dicke Perlenkette in zweifachen Schleifen gewunden hatte – augenscheinlich nur billiger Modeschmuck.

„Wie schön, das ist ein angenehmer Ort", erklärte die Robuste.

„Sie kennen das?"

„Ja, ich wandere häufig dorthin."

„Sie laufen dorthin?" Der Ton der Tigerartigen deutete an, dass sie dies für abartig hielt.

„Ja, der Weg ist nett, abgesehen vom Hafengebiet. Aber man wird gut entschädigt durch leckeren Kuchen am Leuchtturm." Die Braungefärbte ließ sich durch den abschätzigen Ton nicht einschüchtern.

„Hat das Café denn geöffnet? Um diese Jahreszeit?"

„Ich sagte Ihnen doch: Ich bin mehrfach wöchentlich dort. Der Kuchen ist gut."

„Mehrfach wöchentlich? Sind Sie denn schon länger hier?" Die rotlackierten Fingernägel malten Fragezeichen in die Luft.

„Seit drei Wochen. Die Hälfte meines Urlaubs ist nun um."

Ulla meinte, Genugtuung aus der Stimme der Robusten zu hören. Aufgrund ihres Äußeren traute ihr wohl kaum jemand zu, dass sie sich einen Langzeiturlaub leisten konnte!

„Ach."

Erstauntes Schweigen. Dann: „Und wer versorgt zu Hause Ihre Blumen?"

„Ich hab' nur Kakteen. Da reicht es, wenn mein Sohn alle zwei Wochen vorbeischaut. – Wissen Sie, ich reise so viel, da möchte ich meinen Sohn nicht mit Blumengießen überbeanspruchen." Der heimliche Triumph in der Stimme der Braunhaarigen war nicht zu überhören.

Die mondäne Gesprächspartnerin schien kurz aus der Bahn geworfen, schilderte dann aber ihrerseits die eigenen Unternehmungen. „Und in Alcudia die römischen Ruinen, wissen Sie, da hab' ich schon Besseres gesehen, in Italien zum Beispiel. – Aber wir haben auch die Tropfsteinhöhlen in Porto Christo besucht. Die Drachenhöhlen. So etwas habe ich ja noch nie erlebt – ein Schauspiel auf dem Wasser. Begeisternd! – Aber eigentlich sind die Coves de Campene viel ursprünglicher. – Was, Sie kennen diese Sehenswürdigkeiten nicht?"

Ein mitleidiger Blick auf die Braunhaarige und ein vielsagender Seufzer: „Ich wünsche Ihnen so sehr, dass Sie jemanden finden, der Sie mal dahin mitnimmt. Damit Sie nicht immer allein in El Kanada Kuchen essen müssen!" Dann verabschiedete sie sich.

Als Ulla wahrnahm, dass das Gespräch beendet wurde und die robuste Braungefärbte nun allein saß, heftete sie intensiv den Blick auf ihren Teller. Die Gedanken überstürzten sich in ihrem Kopf.

Wenn diese Frau schon drei Wochen hier war, hatte sie vielleicht auch Mama und ETA gesehen. Und, so wie sie ihre Mutter kannte, auch intensiv mit ihnen gesprochen.

Aber heute Abend war Ulla keinem Nachforschungsgespräch mehr gewachsen.

Um nicht in Versuchung zu geraten, warf sie einen Blick auf den Fernseher in der angrenzenden Bar, in der auch die Sportler-Teams ihre Tische zum Essen hatten.

Das Programm lief ununterbrochen.

Natürlich die Olympischen Winterspiele in Sotchi. Offensichtlich gab es einen Hype um die deutschen Rodler. Und Maria Höfl-Riesch wurde auch interviewt. Wahrscheinlich hatte sie eine Medaille gewonnen oder knapp verpasst.

6

Vermutungen

Ulla schlief schlecht.
Nicht nur, dass sie bis spät in die Nacht zu ihrer eigenen Rechtfertigung immer wieder Manuels und Elmars Nummer gewählt hatte.
Natürlich vergeblich.

Außerdem hatte Ingrid kurz vor Mitternacht noch einmal angerufen.
Ihre Tochter Steffi hatte eine Karte von Oma erhalten mit einem Absender. „CAMI d'AL CA NA DA", buchstabierte Ingrid. „Steffi konnte die Nummer nicht so richtig lesen, entweder 36 oder 86. Aber es dürfte ja nicht so schwer sein, eine Seniorenresidenz zu finden."
Irgendetwas klingelte in Ullas Kopf; der Name kam ihr bekannt vor.
Aber sie war zu müde, um einen Zusammenhang herzustellen.
Immerhin kramte sie den kleinen gefalteten Stadtplan hervor, den sie in ihren Hotelunterlagen gefunden hatte.
Da – gar nicht weit von ihrem Hotel entfernt – war *Cami d'Alcanada* eingezeichnet, direkt hinter dem Handelshafen.
Sie versuchte, weiterzuschlafen.

Ulla schreckte wiederholt aus dem Schlaf, weil sie meinte, KH habe angerufen.
Natürlich nicht, sie hatten Nachtruhe verabredet und es war noch zu früh für den versprochenen Anruf vor dem Abflug.
Dennoch nagte irgendetwas an ihrem Unterbewusstsein.

Sie träumte schlecht: Eine riesige Bärin rannte auf ihren Caravan zu; in letzter Minute konnte KH gerade noch das Steuer herumreißen. Als Ulla aussteigen wollte, baumelten ihre Füße über einem schwarzen Abgrund; tief unter ihr glitzerte Lake Louise.

Sie wachte schweißgebadet auf.
Offenbar hatte ihr Handy schon eine Weile geklingelt.
„Warum antwortest du nicht? Was ist los?", hörte sie sofort KHs besorgte Stimme.
„Ach nichts, ich hab' nur schlecht geträumt. Über Bären in Kanada. Aber nun ist alles gut."
Ulla fühlte sich wirklich ruhiger: KH wartete bereits auf sein Taxi zum Flughafen. In viereinhalb Stunden würden sie sich wiedersehen!

Nach KHs erneutem Anruf, eine gute halbe Stunde später, stand sie auf.
KH hatte sein Gepäck eingecheckt und versuchte nun, irgendwo einen Kaffee aufzutreiben, was in dieser Herrgottsfrühe selbst im internationalen Airport Frankfurt schwer war.

Ulla schaute durch einen Gardinenspalt.
Im Osten meinte sie, bereits einen helleren Streifen am Horizont zu entdecken. Oder war es nur der Schein des Mondes?
Da sie nicht mehr schlafen konnte, duschte sie, steckte eine Taschenlampe ein und machte sich auf den Weg zum Hafen.

Es war noch dunkel und sie sah kaum Menschen.
Ein alter Mann führte seinen Hund am Strand aus; ein Jogger überholte sie; auf dem Wasser leuchteten Lichter. Sie meinte sogar, Signale zu erkennen. Wahrscheinlich Fischer, die auf einen frühen Fang hofften.

Glücklicherweise rief KH an, bevor sie die etwas undurchsichtige Gegend hinter dem *port commercial* betrat.

Er hätte sich nur Sorgen gemacht.

Er würde gleich das Flugzeug besteigen und sein Handy ausschalten.

„Bis bald, mein Liebes."

Sie schmatzte einen Kuss ins Telefon und bog entschlossenen Schrittes in die Cami d'Alcanada ein.

Schon bald wurde es ungemütlich.

Die netten Ein- und Zweifamilienhäuser links neben ihr hörten auf. Vereinzelt erschien ein unbewohnter oder so früh noch nicht belebter heruntergekommener Wohnblock vor ihrem Blick.

Dazwischen Zäune vor verwilderten Gärten, Mauern, herabbröckelnder Putz.

Eine Katze lauerte ihr auf und folgte ihr.

Glücklicherweise herrschte im Handelshafen bereits Betrieb, aber gerade deshalb wurde ihr klar, wie einsam es hier war. Hausnummern konnte sie auch nicht so recht erkennen. Doch da, an der mannshohen Mauer!

Vorsichtig ließ sie aus sicherer Entfernung die Taschenlampe aufblitzen. 86 oder 88? Die abgeblätterte Zahl war nicht klar lesbar und Ranken verdeckten den zerbeulten Briefkasten – falls er denn überhaupt einen Namen zeigte!

Ein Gebäude konnte sie nicht erkennen. Wenn es eines hinter der Mauer gab, dann konnte es nur recht klein und niedrig sein. Als Fortsetzung der Mauer sah sie nur schwarze Leere. Hier gab es wohl nur noch Bauland, aber kein Wohngebiet.

Als sie sich langsam der Mauer von Nummer 86 oder 88 näherte, schlug ein Hund an.

Das war genug! Ulla machte sich herzklopfend auf den Rückweg.

Zwar kündigte Helligkeit in ihrem Rücken den Sonnenaufgang an, aber es reichte ihr für diesen Morgen.

Am Ende der Cami d'Alcanada gingen in einigen der Ein- und Zweifamilienhäuser die Lichter an. Jetzt konnte sie auch die Hausnummern entdecken – gerade Zahlen zwischen 26 und 40.

Bei den dreißiger Nummern deutete auf nichts auf eine Seniorenresidenz hin; es handelte sich nur um Einfamilienhäuser. Außerdem zeigten die Klingelschilder nur spanische Namen.

★★★

Zu ihrer Überraschung war Ulla nicht die erste im Restaurant, das gerade zum Frühstück öffnete.

Eine ältere Frau mit braungefärbtem Kurzhaar, Brille und suchendem Blick saß bereits am Fenster. Die herunter gezogenen Mundwinkel riefen in Ulla die Erinnerung wach – richtig, die Frau mit den Kakteen zu Hause, die schon seit drei Wochen Hotelgast war.

Urplötzlich fiel ihr ein, wieso ihr die Adresse der Seniorenresidenz bekannt vorgekommen war.

El Kanada. Alcanada.

Blitzschnell fasste Ulla ihren Entschluss: „Entschuldigung, ist bei Ihnen noch ein Platz frei?"

Die hängenden Mundwinkel verbogen sich zu einem Lächeln. „Gerne!"

★★★

Im Taxi zum *Aeroport de Palma de Mallorca* fragte Ulla sich, was das Gespräch mit der Frau ihr gebracht hatte.

Zum einen hatte sie ihre Vorurteile ändern müssen; eigentlich war die Alte nett, wahrscheinlich nur einsam.

Darüber hinaus hatte Ulla entdeckt, dass sie selbst fast so redselig wie ihre Mutter sein konnte, wenn es darauf ankam.

So hatte sie viel über Alcanada und den dortigen Golfplatz erfahren. Aber …

„Nein, nein, eine Seniorenresidenz gibt es in der Gegend nicht. Wirklich nicht. Ich kenne mich aus. Nach einer etwas wilden Gegend hinter dem Handelshafen kommen nur noch Villen. Dort wohnen natürlich auch ältere Herrschaften – aber als Besitzer. Nichts Kommerzielles."

Und dann hatte die Braunhaarige von „Ihrer bezaubernden Frau Mutter" gesprochen.

Ulla war überrascht. „Woher kennen Sie meine Mutter?"

Die Alte schmunzelte: „Na ja, wir Großmütter schauen uns halt gern Fotos an."

Ulla hätte es wissen müssen – Mamas Leidenschaft für Familienfotos!

„Aber seit Sonntag beim Frühstück habe ich Ihre Mutter nicht mehr gesehen. Sie wollte mit den beiden anderen Damen einen kleinen Ausflug unternehmen, Mandelblüte und so, aber irgendwie ist sie nicht mehr aufgetaucht."

Sie schaute Ulla fast vorwurfsvoll an.

Als ob Ulla ihre Mutter verstecken würde!

„Sie hatte einen Unfall", erläuterte Ulla knapp. „Entschuldigung, da kommt mein Taxi."

„Wie schrecklich", entsetzte sich die Frau, „hoffentlich nichts Schlimmes!" Ulla meinte, ein sensationslüsternes Lächeln zu sehen. Dann fuhr die Braunhaarige fort: „Und wie schade! Ihre Mutter war so kommunikativ!"

★★★

KH drückte sie fest und sie küsste ihn intensiv.

Endlich nicht mehr allein!

KH streichelte ihr Gesicht und lächelte: „Du hast schon ein paar Sommersprossen bekommen."

Dann machte er ihr Mut für die nächsten Tage: „Liebes, nun wollen wir uns nicht mehr grämen, sondern uns freuen, dass wir wieder beieinander sind."

In den ersten beiden Stunden fiel ihnen dies leicht.

Der von Frau Bachlhuber vorbestellte Mietwagen war schnell im Terminal-Parkplatz gefunden, die Formalitäten erledigt und los ging es!

Es kam sogar Urlaubsstimmung auf, nachdem sie Palma verlassen hatten und zuerst auf der MA-15 bis Binissalem und dann zurück auf Landstraßen in Richtung Maria del Cami fuhren. Da sie im Krankenhaus erst später erwartet wurden, ließen sie sich viel Zeit.

Zum ersten Mal konnte Ulla die Pracht der weißen und rosa Blüten richtig genießen.

Und endlich wieder der typische „Mallorca-Duft", nach Erde und Pinien und Blüten und vielem mehr – einzigartig, aber undefinierbar. Ulla sog ihn tief ein. „Es gibt keine andere Gegend, die so unverwechselbar riecht. Ja, das ist Malle! Ich könnte süchtig werden nach diesem Duft!" KH lächelte.

Mehrfach hielten sie am Straßenrand, küssten sich und fotografierten: Blüten vor der Tramuntana, Blüten vor der Ebene; Schafe unter Blüten; flauschige Lämmchen, die gesäugt wurden, im Gegenlicht vor Blüten. Wiesen, von gelben Blütenteppichen übersät mit weiß- und rosablühenden Bäumchen. Und natürlich strahlend blauer Himmel.
Idylle pur!

Dann stießen sie hinter Maria del Cami auf eine renovierte mallorquinische Mühle mit dem schlanken Turm und den durchbrochenen Flügeln, die Ulla aus Illustrationen zu Don Quichotte kannte. Sie wurde als Restaurant genutzt. Sie hielten für einen kurzen Stopp an.
Der Parkplatz stand leer. Daher stellten sie ohne schlechtes Gewissen ihren Mietwagen ab und ergänzten ihre Fotosammlung mit leuchtenden Orangen- und Zitronenbäumchen und blühenden Blumen aus den Nachbarsgärten.
Beim anschließenden Spaziergang gab Ulla händchenhaltend einen Bericht der neuesten Entwicklung.
Danach besprachen sie die offenen Fragen.
„Kann denn eine Frau im Rollstuhl ein normales Auto fahren oder meinst du, dass die andere Frau gefahren ist?"
Ulla wusste natürlich, dass Rollstuhlfahrer Autos fahren konnten, aber Manuels Wagen hatte nicht so ausgesehen, als ob besondere Vorrichtungen für Behinderte eingebaut gewesen wä-

ren. Und bei ETAs Hang zur Selbst-Verwöhnung konnte sie sich nicht vorstellen, dass ETA darauf verzichtet hätte.

Es sei denn, Ingrid hatte Recht mit ihrer Andeutung, der Rollstuhl sei „eigentlich nur eine Masche", um vom Umfeld besondere Aufmerksamkeit zu erlangen.

Doch KHs Gedanken gingen in eine völlig andere Richtung: „Welche andere Frau?"

„Na, beim Frühstück heute Morgen hat doch die braunhaarige Alte gesagt *einen Ausflug mit den beiden anderen Damen* …"

„Wenn es nicht noch mehr waren", warf KH skeptisch ein. Er kannte nur zu gut die Fähigkeit seiner Schwiegermutter, schnell viele Reisebekanntschaften zu schließen.

Es gab noch mehr offene Fragen.

„Warum eigentlich sind die beiden aus der Seniorenresidenz umgezogen?"

„Und wann?"

„Wieso direkt in unser Hotel?"

„Vielleicht weil deine Mutter sich den Namen gemerkt hatte."

Ja, das machte Sinn.

„Und wo liegt dieses Seniorenheim überhaupt? Wie kommen wir an die richtige Adresse, wenn Cami d'Alcanada nicht stimmt?", wollte Ulla wissen.

„Beziehungsweise", sagte KH nachdenklich, „gibt es dieses ominöse Heim überhaupt?"

Ulla war verblüfft. „Wo sollen sie denn sonst gewesen sein?"

„Liebes, du weißt doch, dass manchmal mit alten Menschen übel umgegangen wird", gab KH zu bedenken.

„Aber nicht mit Mama. Und ETA hätte sich das erst recht nicht gefallen lassen."

„Eben. Vielleicht war ja was faul mit dem Seniorenheim und sie sind deshalb ins Hotel gezogen." KH als eifriger Zeitungsleser bezog sich auf entsprechende Berichte über die Ausnutzung von alten Menschen.

„Aber warum hat Mama mir und Ingrid nichts gesagt?"

„Weil sie euch nicht aufregen wollte."

Ulla stimmte innerlich zu. Ja, das passte zu ihrer Mutter.

Sie gingen eine Weile schweigend nebeneinander.

„Gut, Liebes", sagte KH schließlich. „Nun wird dieser Urlaub wohl etwas anders verlaufen als geplant. Aber wichtig ist, erstens, dass Mama lebt. Und zweitens müssen wir herausfinden, was wirklich passiert ist. Wir fahren jetzt ins Krankenhaus, dann packe ich meinen Koffer aus und du zeigst mir das Hotel, und dann – auf nach El Kanada!"

„Und drittens liebe ich dich", ergänzte Ulla.

Sie genossen die Sonne und Blüten, nicht ahnend, dass dies die letzten schönen Stunden für längere Zeit sein würden.

***

Der Parkplatz an der Mühle hatte sich gefüllt. Direkt neben ihnen parkte ein blauer Golf, die linke Seite blitzte auffällig stark in der Sonne.

„Mensch, KH, guck mal, das sieht aus wie Manuels Auto – nein, das ist Manuels Auto. Aber die gesamte linke Seite ist neu lackiert!"

Sie versuchte, einen Blick durch die Wagenscheiben zu werfen. Der Kindersitz war ausgebaut und der gesamte Innenraum wirkte absolut krümelfrei, fast steril und war erstklassig aufgeräumt.

Während KH in Ruhe alle Einzelheiten in sich aufnahm, war Ulla schon weiter gegangen.

„Und hier, das rote BMW-Cabrio – das gehört doch Elmar! Was machen denn die beiden hier?"

„Vielleicht gehört ihnen die Mühle oder sie haben sie gepachtet", mutmaßte KH. „Hast du nicht gesagt, dass sie ein Restaurant besitzen?"

Plötzlich brausten drei Motorräder auf den Hof und bremsten so stark, dass der Sand wegspritzte.

Polizei!

Ulla und KH hakten sich schnell ein und gingen langsam zu ihrem Mietwagen zurück.

Die drei Polizisten verschwanden eilig in der Mühle.

KH wollte sofort losfahren, aber Ulla zog ihn sanft, aber bestimmt zur Speisekarte, die an der Eingangstür aushing.
„Was soll das, Ulla? Wir wollen hier nicht essen."
„Nein, nein, wir schauen uns nur das Angebot an." Ulla versuchte, durch die Glastür etwas zu erkennen, wandte sich aber sofort der Speisekarte zu, als sie Geräusche hörte.
Offenbar verkörperten sie beide perfekt das Bild eines älteren Feinschmecker-Touristenpaares, denn die Polizisten und ein unbekannter Mann, die zielstrebig den blauen Golf anpeilten, würdigten sie keines Blickes.

Ulla zog KH unauffällig zu ihrem Mietwagen zurück und plauderte unschuldig, dass sie gern demnächst hier speisen würde. Möglichst unaufdringlich und unverdächtig versuchte sie, das Geschehen um sich herum zu verfolgen.

Offenbar wurde der fremde Mann intensiv nach der Neulackierung befragt. Er gestikulierte wild und zuckte immer wieder die Achseln. Dann durchsuchte er seine Brieftasche und hielt den Polizisten Papiere vor die Nase.
Als sich die beiden wieder auf der Landstraße befanden, fragte Ulla: „Glaubst du, dass Manuel das Unfall-Auto verkauft hat?"
„Sah so aus", bestätigte KH, „aber das ist nun auch gleichgültig, denn der Wagen ist auf jeden Fall so bearbeitet worden, dass genaue Unfallspuren nicht mehr nachweisbar sein werden. Und das verdammt schnell. Da müssen einige Arbeiter Sonderschichten eingelegt haben", fügte er noch hinzu.

Schweigend fuhren sie weiter.
Mehrfach musste KH kleineren und größeren Gruppen von Fahrradfahrern ausweichen, die teils diszipliniert hintereinander, teils in großen Pulks nebeneinander fuhren.

Plötzlich wachte Ulla aus ihren Gedanken auf und nickte.

„Tatsächlich, er könnte recht haben."

„Wer?"

„Der Taxifahrer. Im Prinzip könnte es so gewesen sein."

„Was könnte wie gewesen sein? Bitte, Ulla, drück dich präzise aus." KHs Stimme klang verzweifelt.

Ulla seufzte: „Der Taxifahrer, der mich gestern ins Krankenhausfuhr, hat berichtet, dass hier das Fahrrad gefunden wurde."

„Welches Fahrrad?"

Nun war Ulla verblüfft: „Na, das des Vermissten."

Als sie KHs verständnislosen Blick sah, fügte sie hinzu: „Stimmt, das weißt du ja noch gar nicht. Hier wird seit Samstag jemand vermisst – ein Sportler aus einer der britischen Fahrradmannschaften bei uns im Hotel. Ich dachte, er wäre im Meer ertrunken, weil die Polizei dort gesucht hat. Aber egal. Der Taxifahrer deutete einen Zusammenhang zwischen dem Unfall meiner Mutter und dem Vermissten an. Und", sie wurde immer lebhafter, „das ist gar nicht so abwegig."

KH schüttelte verständnislos den Kopf.

„Doch, KH", Ulla vertrat jetzt eifrig ihre Theorie, „stell es dir mal so vor: ETA hat ein bisschen was gebechert oder Tabletten geschluckt, jedenfalls ist sie nicht ganz klar im Kopf. Die vielen Fahrradfahrer irritieren sie, einmal überholt sie unvorsichtig und gerät auf die Gegenfahrbahn. Dort fährt gerade einer, der weit vor oder hinter seiner Mannschaft gelandet ist oder einzeln trainiert. Jedenfalls ist er allein. Der weicht ihr aus und fällt in einen Abgrund. ETA bremst, der Golf schleudert gegen einen Felsen und Mama wird verletzt."

„Ulla, hier gibt es keine Felsen."

„Dann eben gegen eine Mauer oder Hauswand."

„Diese Spuren hätte die Polizei schon längst gefunden."

„Vielleicht haben sie an der falschen Stelle gesucht."

KH seufzte. „Ulla, deine Fantasie in allen Ehren, aber wie es bisher dargestellt wurde, war Mama nicht im Auto, als sie ihre Verletzungen erlitt. Und: Was wäre dann aus der anderen – der dritten – Frau geworden, von der du vorhin gesprochen hast?"

Ulla tätschelte seinen Oberschenkel.

„Alle Achtung, KH, alle Achtung. Obwohl du gar kein Krimi-Leser bist. Aber das ist in jedem Fall eine wichtige Frage: Was ist mit der dritten Frau?"

Sie dachte weiter nach und sagte: „Und dann muss man natürlich nicht nur fragen, **wo** die Leiche geblieben ist. Sondern ..." Ihre Stimme versandete.

„Sondern, was?" KH klang ein bisschen angespannt.

Ulla überhörte das. „Sondern auch: **Wer** ist eigentlich die Leiche?"

KHs Zeigefinger machte in der Höhe seiner rechten Schläfe eine kreisende Bewegung. „Du drehst durch, Ulla."

Sie schüttelte lächelnd den Kopf und gab ihm an der Karte Anweisungen, wie er den Weg ins Krankenhaus finden konnte.

7

Seniorenresidenz

Als Mama KHs Stimme hörte und seine Hand auf ihrer spürte, öffnete sie die Augen.

„Typisch Mama", sagte Ulla etwas spröde, um ihre Rührung zu überspielen, „bei ihrer Tochter kriegt sie die Augen nicht auf; da muss erst der Schwiegersohn kommen."

Bildete sie es sich ein oder schmunzelte Mama wirklich?

Ihre Augen waren wieder geschlossen. Aber sie schien Ullas übliche kleine Stichelei über Mamas Bevorzugung ihres Schwiegersohnes verstanden zu haben.

Mama war von der Intensiv-Station in ein Zweibett-Zimmer verlegt worden, in dem noch keine weitere Patientin lag. Der junge Arzt, der heute wieder Dienst hatte, war hochgradig zufrieden mit ihr und antwortete KH geduldig auf all seine Fragen.

Ulla hielt abwechselnd Mamas Hand, streichelte sie, versuchte, ihr ein bisschen Wasser einzuflößen, erzählte von der Familie, von den Blüten und drängte mehrfach, dass Mama schnell wieder gesund werden musste, um all die Pracht zu erleben.

Auf Anraten des Arztes verabschiedeten sie sich nach einer halben Stunde.

Mama hielt KHs Hand und flüsterte etwas.

„Was?" KH blickte Ulla hilfesuchend an.

„Finden? Was sollen wir finden?"

Mamas Flüstern klang heiser und aufgeregt.

„Leiche? Wieso denn Leiche?"

Er ließ abrupt Mamas Hand los und winkte kopfschüttelnd Ulla ans Bett.

Ulla beugte ihr Ohr über Mamas Mund. Auch sie hörte deutlich das Wort „Leiche".

Sie streichelte Mama beruhigend über die Wange.

„Ja, Mama – das machen wir", versprach sie. KHs fassungslosem Blick wich sie aus.

„Wo sollen wir denn suchen?"

Mamas Stimme versagte. Sie setzte mehrfach an; ihr Krächzen hörte sich an wie „Lesezeichen".

Ulla klingelte nach der Krankenschwester.

★★★

Um das Schweigen zwischen KH und ihr nicht zu tief werden zu lassen, versuchte sich Ulla in leichter Konversation über die malerische Landschaft.

„Überraschend schön; hätte ich gar nicht erwartet, so weitab vom Meer."

Als KH nicht antwortete, versuchte sie es mit den Einwohnern.

„Hier scheinen im Gegensatz zur Küste nur Einheimische zu leben. Jedenfalls gibt es kaum *se vende*-Schilder. Und ich hab' keine Hotels und Eigentumswohnungen gesehen."

Auch das half nichts; KH fuhr sturen Blickes weiter.

Plötzlich bremste er unvermittelt vor einem auffälligen Gegenstand an der Straße.

„Was ist das denn?"

Ulla war dankbar, dass wieder Reden angesagt war, und antwortete überhastet: „Ach ja, ist mir schon im Taxi aufgefallen. Das ist John's Place. Also ein Ausländer. Wahrscheinlich ein Künstler. Guck dir den Stein am Eingang der Auffahrt an."

Der Stein erwies sich als ein Felsbrocken, der in eine Art Fliegenpilz verwandelt worden war: rot gestrichen, mit dicken weißen Farbklecksen gesprenkelt. Daneben das kleine Schild „John's Place".

„So kann man die Auffahrt nicht verpassen", redete Ulla fröhlich weiter, um den Gesprächsfaden nicht abreißen zu lassen.

„Auffahrt – wohin?" KH klang skeptisch. „Da oben steht doch nur eine halb verkommene Bauruine. Wahrscheinlich ist John längst wieder in England!"

Dann drehte er sich unvermittelt zu ihr hin: „Hör zu, Ulla. Wir bleiben bei unserer Verabredung: erst Hotel, dann Cami d'Alcanada. Keine Leichensuche. Weder zwischendrin noch später. Nie. Versprochen?"

Ulla versprach es.

***

Sie hielt sich an ihr Versprechen.

Oder jedenfalls fast.

Während KH seinen Koffer auspackte, konnte sie Xavier, der wieder Dienst an der Rezeption hatte, davon überzeugen, ihr die Schlüsselkarte zum Zimmer ihrer Mutter zu geben. Er schien zu wissen, dass sie die Tochter war. Hatte Mama auch ihm die Fotos gezeigt? Oder überzeugte ihn die Gleichheit des Familiennamens? Sie verdrängte weitere Gedanken und suchte in Mamas Zimmer zielstrebig den Stapel mit den Reiseführern. Kein Lesezeichen in „50 Dinge, die man auf Mallorca gemacht haben sollte". Auch kein Lesezeichen im DuMont-Mallorca-Führer, ebenso nicht im Mallorca-Band aus dem Müller-Verlag.

Hatte KH recht? Ging ihre Fantasie mit Ulla durch?

Sie blätterte vergeblich durch die Wanderkarten und den Rother-Wanderführer und wollte schon aufgeben, als sie auf dem Nachttischchen ein grünes Büchlein fand. „Bruckmann Wanderführer. Mallorca. Die 40 schönsten Touren".

Tatsächlich, ein Lesezeichen ragte zwischen den Seiten hervor. Tour 12, als „leicht" gekennzeichnet: „Rund um die Ermita de la Trinitat".

Sicherheitshalber merkte sie sich noch schnell die Seiten – S. 56 bis 59 –, ließ das Büchlein in ihrer Blazer-Tasche verschwinden und schloss die Tür hinter sich.

***

73

Es war KH selbst, der die erste kleine Abweichung von ihren Plänen vorschlug.

Als sie gegenüber des Yachthafens eine einladende Tapas-Bar mit frisch gezapftem Bier erblickten, erklärte er, dass er außer dem trockenen Air-Berlin-Käsebrötchen heute Morgen um 7.00 Uhr noch nichts gegessen habe.

Auch Ulla fand es sehr sympathisch, sich bei Bier und Serrano-Schinken die Sonne auf die Nase scheinen zu lassen. „Und das im Februar!"

Beide lächelten über die unterschiedliche Temperaturwahrnehmung von Deutschen und Spaniern. Während die deutschen Touristen strumpflos ihre Mephisto-Wandersandalen spazieren führten, stöckelten die Marollquinerinnen auf ihren hochhackigen, mit Pailletten besetzten Winterstiefelchen die Promenade entlang. Auch die spanischen Kinder trugen beim Herumtollen noch warme Kapuzenanoraks, während der deutsche Nachwuchs sich schon in T-Shirts bewegen durfte.

Anschließend las sie KH völlig arglos ein paar Vorschläge für Wandertouren aus einem grünen Buch vor, darunter auch eine leichte Tour auf den Seiten 56 bis 59, die nur eine Stunde und 45 Minuten dauerte.

„Schließlich sind wir ja im Urlaub und können nicht nur an Mamas Krankenbett sitzen. Wir müssen auch mal was unternehmen, das würde Mama auch so wollen."

KH kannte seine Schwiegermutter gut und stimmte zu.

★★★

Besonders in der Mittagssonne wurde sofort deutlich, dass Cami d'Alcanada Nr. 36 eine entzückende kleine Villa, aber keine Seniorenresidenz war. Der freudige Lärm spielender Kinder ertönte aus dem Garten, ein Hund kläffte und ein Fußball knallte gegen das Gittertor.

Nummer 86 beziehungsweise Nummer 88 – auch im Tageslicht war eine Identifizierung nicht eindeutig möglich – wirkte dagegen völlig menschenleer.

Sie wollten schon umkehren, als Ulla an der Mauerecke, fast verborgen in der Wildnis des Nachbargrundstückes, ein kleines rosa Fahrrad mit zwei violetten Stützrädern erblickte.

Ihre genauere Untersuchung wurde durch ein Motorengeräusch unterbrochen.

Unvermittelt drückte sie KH gegen die Mauer und küsste ihn heftig und leidenschaftlich, sodass nur ihr Rücken von der Straße sichtbar war.

Erst als der Motorroller an ihnen vorbei gefahren war, ließ Ulla von ihm ab. „Schön", kommentierte KH, „davon könnte es noch mehr geben."

Er umfasste sie, als plötzlich über ihnen eine Kinderstimme fragte: „Was macht ihr da bei meinem Fahrrad?"

Sie schauten nach oben und sahen rosa Jeans-Beine von der Mauer baumeln.

„Veronica?", fragte Ulla vorsichtig. „Wir wollten dir gerade dein Rad bringen. Kannst du uns das Tor aufmachen?"

Bereitwillig drückte Veronica die Klinke von innen, Ulla drückte von außen den Knauf und KH schob das Kinderrad durch den kleinen Spalt.

Aber der Motorroller hatte gewendet; der Fahrer bremste hart an der Einfahrt.

„Stopp, Veronica, mach sofort das Tor zu!"

Als sie brav gehorchte, waren Ulla und KH schon im verwilderten Garten.

Nachdem er den Roller am Eingang des Grundstücks abgestellt hatte, nahm Manuel resignierend den Helm ab und trat ein.

„Du sollst doch nicht Fremde ins Haus lassen", fuhr er seine Tochter gereizt an.

Schmollend entgegnete sie: „Aber mein Fahrrad ... ich brauche mein Fahrrad hier drinnen!"

Diese Aussage steigerte seinen Ärger. „Ich habe dir schon tausendmal gesagt, dass du dein Dreirad nicht draußen stehen lassen sollst."

Veronica war nicht bereit, so schnell nachzugeben. Sie verschränkte die Hände vor der Brust und blickte ihren Vater trotzig an: „Und du lügst!"

Offenbar raubte ihm diese Behauptung die Fassung.

„Schluss jetzt", schrie er, „haut sofort ab, ihr beiden – oder ich hole die Polizei!"

Veronica fing an zu weinen.

Ulla wollte die Kleine trösten, aber KH schob sie entschlossen weiter in den Garten. Er drückte sie auf einen weißen Klappstuhl an einem großen Plastiktisch mitten im Sonnenschein und setzte sich demonstrativ breitbeinig auf den anderen Stuhl.

Dann hob er zu einer kleinen Rede an:

„Polizei! Genau, das schlage ich auch vor. Die Polizei wird sicher alles aufklären! Unfallflucht, Adressen-Schwindel, illegales Seniorenheim in einem Wohngebiet, um nur einiges zu nennen. Vielleicht auch noch Unterschlagung einer Leiche. Gerne. Polizei. Sehr gerne. Wir warten."

Bei dem Wort Leiche zuckte Ulla zusammen, aber KH stützte beide Hände auf seine Oberschenkel und schaute Manuel durchdringend an – so wie früher seine Schüler, die einen Täuschungsversuch oder einen anderen Unfug begangen hatten.

Dieser gnadenlose Lehrerblick wirkte offenbar auch bei Manuel.

„Was denn? Wir haben nichts Unrechtes getan", verteidigte er sich wenig überzeugend.

KH nickte wissend; er hatte diese Antwort erwartet.

„Das habt ihr nie. *Was hab' ich denn gemacht? Ich hab' nichts gemacht!*", zitierte er aus seinem langjährigen Erfahrungsschatz.

„Und ich sage dir", und damit erhob sich KH und schaute Manuel streng direkt in die Augen, „alles. Du hast alles falsch gemacht. Und jetzt möchte ich eine Erklärung."

Manuel schien fassungslos.

KH setzte sich wieder und beschäftigte sich demonstrativ mit seinem Fotoapparat, um zu zeigen, dass er notfalls endlos warten würde.

Ulla streichelte Veronicas Kopf, die sich vor Schreck auf ihren Schoß gesetzt hatte.

Das Kind beruhigte sich, hatte aber seinen Ärger noch nicht vergessen.

„Doch, Papa, du lügst. Das ist kein Dreirad, das ist mein Fahrrad. Und", sie zeigte auf Ulla, „die ist nicht fremd. Das ist Tante Ulla von Tante Lilos Foto. Wir haben sie vom Flughafen abgeholt."

Manuel gab auf.

„Bitte, Veronica, frag Mama, ob sie uns einen Kaffee machen kann. Und hol' die restlichen Schokoladenkekse."

Veronica strahlte und versöhnte sich mit ihrem Papa durch einen dicken Kuss.

Wenig später kam sie zurück und biss kleine Stückchen von einem Schokokeks ab. Hinter ihr folgte eine dunkelhaarige, sympathische Frau Mitte dreißig, die Ulla und KH freundlich begrüßte.

„Ich bin Margarita, Veronicas Mama. Veronica sagt, dass du Ulla bist, die Tochter von Lilo. Herzlich willkommen."

***

Als sich Ulla und KH nach zwei Stunden auf den Rückweg machten, sprachen sie nicht.

Erst als der *Port Commercial* und auch die *Marina* wieder hinter ihrem Rücken lagen und sie gegen die frühe Nachmittagssonne anblinzelten, hielt KH sie plötzlich an.

„So, Miss Marple, jetzt die Fakten, aber in klarer Reihenfolge."

Ulla grinste: „Du bist kein Krimi-Leser, KH, man merkt es immer wieder. Miss Marple ist alt und tüdelig, sie kann also nur verworren und intuitiv darstellen. Aber ich könnte versuchen, dir eine sachliche Poirot-Analyse zu geben."

KH nickte. „Ja, fein!" Er war mit der Sachdarstellung einverstanden.

Was waren die Tatsachen?

Es gab keine Senioren-Residenz in Cami d'Alcanada.

Manuel hatte seiner Schwester Jenny einen Gefallen getan, als er seine Wohnungsanschrift als Kontaktadresse zur Verfügung gestellt hatte.

Jennys Ferien- und Sprachschule für deutsche und englische Schüler brachte in den Wintermonaten wenig Geld ein.

Daher hatte Jenny die Idee, im mallorquinischen milden Winter Langzeitwohnen für deutsche und britische Rentner anzubieten. Zu diesem Zweck hatte sie eine halbe Etage in einem nicht ausgebuchten Hotel angemietet.

„SunSea – gar nicht weit von unserem Hotel Bon Aire entfernt." Ulla hob dies ausdrücklich hervor, denn sie fand, diese Nähe erklärte einige offene Fragen.

Jenny hatte ihre Mutter eingeladen, mit einigen Freundinnen Probe zu wohnen und die Hoteleinrichtungen zu testen.

„Wahrscheinlich hat sie gedacht, wenn das Hotel den Ansprüchen ihrer Mutter genügt, kann später nichts schiefgehen", vermutete Ulla.

ETA hatte aber keine Bonner Freundinnen mitgebracht, sondern Tante Lilo, Ullas Mutter.

An dieser Stelle verkniff sich Ulla Mutmaßungen über ETAs Gründe.

Wichtig war, dass ETA vom ersten Tag an Mängel gefunden hatte. Ihre Liste wurde immer länger – und es gab ständig Streit zwischen Jenny und ETA, ob es sich wirklich um Hotelfehler handelte oder ob ETA zum Beispiel das kritisierte respektlose Verhalten des Personals selbst verursacht hatte.

Mitte letzter Woche war der Streit so eskaliert, dass ETA sich und Mama im Hotel Bon Aire, dessen Anlagen sie bei den Spaziergängen bewunderte, einquartiert hatte.

Dadurch riss der Kontakt zwischen ETA und Jenny ab.

Die beiden Brüder standen ohnehin nicht im Zentrum von ETAs Aufmerksamkeit, denn Elmar hielt sich häufig in Deutschland auf und Manuel war gut ausgelastet mit dem Restaurant und seiner jungen Familie.

„Und Margarita, Manuels Freundin, scheint – oh Wunder – ihre Schwiegermutter ja auch nicht besonders gut leiden zu können."

Als sich Ulla diesen ironischen Kommentar nicht verkneifen konnte, grinste KH. „Bleib beim Thema, Poirot. ETA ist doch noch gar nicht Margaritas Schwiegermutter!"

„Seit wann bist du so spießig? Egal, verheiratet oder nicht. Jedenfalls: Jenny war aus Ärger nicht mehr bereit, ihre Mutter und deren Bekannte zu umsorgen. Fakt ist weiter, dass ETA am Donnerstag Manuel um sein Auto gebeten hat für Ausflüge. Und er hat es ihr geliehen."

Dann hatte Manuel nichts mehr von den alten Damen gehört. Elfi sei ja bei Tante Lilo in guten Händen gewesen, hatte er sich etwas lahm entschuldigt.

Am frühen Mittag des vergangenen Montags hatte er dann einen konfusen Anruf seiner Mutter erhalten, so unzusammenhängend und hysterisch, dass er sofort mit seiner Vespa losgebraust war, um sie zu suchen.

Er fand sie in einer spitzen Kurve an einem Abhang auf einer Nebenstraße zwischen Sa Raixa und Valdemossa.

Mama lag bewusstlos im Schatten.

Jenny und Elmar waren bereits mit ihren Autos anwesend.

Zu dritt regelten sie die Angelegenheit: Elmar fuhr Mama ins Juan-March-Hospital, Manuel und Jenny packten seinen Roller in Jennys Jeep, schnallten die hysterische ETA in Manuels Golf fest und Manuel fuhr sie zu sich nach Hause.

Der Hausarzt verpasste ihr zur Beruhigung Spritzen und Medikamente.

Als sie sich dennoch nicht erholte, wurde entschieden, dass Jenny ETA nach Deutschland in ihr Haus zurück brachte, damit sie Abstand gewinnen konnte.

„Angebliche", Ulla zog das Wort lang und betonte es ausdrücklich, „angebliche Fakten sind:
Erstens: ETA war die ganze Zeit so durcheinander, dass sie sich nie zum Unfall geäußert hat.
Zweitens: Auf eine dritte Person im Auto oder in der Nähe des Autos gab es keine Hinweise. Allerdings haben die Geschwister auch nicht auf mögliche Spuren geachtet. Sie wussten ja nichts von der dritten Frau, die meine Tischnachbarin heute Morgen erwähnt hat.
Drittens: Die Polizei wurde nicht eingeschaltet – nach Margaritas Aussage, um nicht die Brüder und ihr Restaurant hineinzuziehen.
Viertens: ETA konnte trotz des Rollstuhls ein normales Auto fahren. Hat sie jedenfalls immer gemacht.
Fünftens: ETA war nach Einschätzung ihrer Kinder vor dem Unfall nüchtern, hat sich aber direkt danach sowohl Tabletten als auch Alkohol reingepfiffen."
„Was vielleicht auch ein Grund ist, warum die Polizei nicht eingeschaltet wurde und warum sie dir am Anfang nicht die gesamte Wahrheit erzählt haben", ergänzte KH.
Ulla ließ sich nicht in ihrem Gedankengang stören. „Unklar ist, wie behindert ETA eigentlich ist. So wie ich Margarita verstanden habe, hat Ingrid mit ihrer Einschätzung recht."
„Und die wäre?"
„Eigentlich hat ETA nichts, sie will nur Aufmerksamkeit erregen."

★★★

Inzwischen hatten sie den Strand in einem großen Bogen verlassen und schlenderten nun an der Häuserseite zurück zu ihrem Hotel.

Der kleine romantische Spazierpfad führte unter Pinien entlang und über kleine Sanddünen.
Offensichtlich zog er auch Hundebesitzer an – sehr zum Leidwesen KHs.
„Können die ihre Straßenratten nicht an einer anderen Stelle Gassi führen?", wollte er empört wissen.

Sie studierten gerade ein großes Schild an einer Baustelle für ein Luxus-Wohnprojekt, das die Bauherren als einen Zusammenschluss von spanischen, deutschen und russischen Firmen auswies.

Plötzlich rannte ein kleiner Hund kläffend auf KH zu und empfand dessen Abwehr offensichtlich als besondere Herausforderung. Er sprang immer wieder an KHs linkem Bein hoch und versuchte, seine Hand zu lecken.

„Nehmen Sie Ihren Hund gefälligst hier weg", rief KH unfreundlich der jungen blonden Touristin zu, die vergeblich in deutscher Sprache versuchte, dem Hund Einhalt zu gebieten. Sie bettelte sanft: „Bobby, Bobby, komm her, komm her, Bobby, bitte."

Der Kleine hörte kein bisschen auf sein Frauchen, sondern fühlte sich stark zu KH hingezogen.

„Nehmen Sie Ihren Hund ...", KHs Stimme klang zunehmend verzweifelt.

„Ja, ja", erwiderte die junge Frau genervt und auch ein bisschen arrogant.

„Ich versuch' es ja. Aber er ist erst ein halbes Jahr alt. Er hört noch nicht. Das müssen Sie doch verstehen!"

Diese Aussage weckte KHs Zorn besonders.

„Nichts verstehe ich! Wenn er noch zu jung ist, um zu hören, dann dürfen Sie ihn auch nicht ohne Leine laufen lassen. Stellen Sie sich vor, was passieren könnte! Diesen Schaden würde Ihre Versicherung gar nicht bezahlen!"

Als ob er KHs Aussage bestätigen wollte, ließ der kleine Hund von ihm ab und zwängte sich stattdessen durch eine Lücke in der Mauer auf das bebaute Nachbargrundstück.

Trotz der inständigen Bitten seines Frauchens kehrte er nicht zurück. Stattdessen hörte man einen Plumps und dann ein klägliches Jaulen.

Ulla rannte an der Mauer entlang und verschwand ebenfalls.

KH konnte hinter der Mauer ein nettes Ferienhaus erkennen, das offenbar noch unbewohnt war. Schlagläden, deren Leistenkonst-

ruktion Licht und Luft durchließen, verschlossen die mannshohen Fenster und im geschmackvoll begrünten Garten warteten die Liegen übereinandergestapelt auf ihren Einsatz.
Die Terrasse war sauber gefegt; offenbar wurde das Haus gut gepflegt.

Den kleinen Hund fest auf dem Arm, ihm mit der linken Hand die Schnauze verschließend, bewegte sich Ulla schnell unter den Büschen und Palmen zum Loch in der Mauer zurück.
„Da!" Kurz und entschlossen gab sie das kleine Bündel der überglücklichen Besitzerin zurück. „Passen Sie besser auf ihn auf! Er frisst ja alles!"

Die junge Touristin bedankte und entschuldigte sich. Als sie verschwunden war, fächelte sich Ulla Luft zu.
„Allmählich hab' ich genug von all den komischen Sachen!", schnaufte sie. „Weißt du, KH, was der neugierige Kleine in seinem Maul zerkaute, als ich ihn in dem trockenen Pool fand? – Fetzen von einem Damenrock und blonde Damenhaare, wahrscheinlich eine Perücke! Ich fass' es nicht, was Leute so als Müll herumliegen haben!"

Sie machten sich Hand in Hand auf den Weg zum Hotel. Als Ulla einen Blick auf das unbewohnte Haus zurückwarf, meinte sie, einen Schatten im Souterrain hinter den Schlagläden gesehen zu haben.

Entschlossen reckte sie ihr Kinn. Nein, nicht noch ein weiteres Problem!
Sie würde diesen Zwischenfall vergessen. Sofort.

★★★

Während des restlichen Weges zurück zum Hotel versuchte Ulla, mit fröhlichem Geplauder vom Geschehenen abzulenken.

Plötzlich blieb sie vor einem großen kastenähnlichen Gebäude stehen.

„Guck mal, KH. Das ist mir gestern schon aufgefallen. Überall arbeiten noch Handwerker und machen Staub und Krach, aber die älteren Hotelgäste sitzen direkt daneben und spielen Karten."

„Oder sitzen an offenen Fenstern und starren aufs Meer", ergänzte KH, der das gesamte Gebäude und sein Umfeld in den Blick genommen hatte.

Ulla trat einen Schritt zurück, um den Gesamteindruck auf sich wirken zu lassen. „Das Ganze sieht aus wie ein Altenheim."

„Schlimmer – wie ein Parkdeck", fand KH sarkastisch.

Ulla kicherte, dann zeigte sie demonstrativ auf zwei Schilder – ein großes am Hotel mit der Aufschrift SunSea und auf einen runden, mit Wappen versehenen Aufkleber direkt am Törchen, das zum Strand führte: *Achtung, aufmerksame Nachbarn.*

„Wie bei uns zu Hause in Wohngebieten mit vielen Senioren! – Kein Wunder, dass ETA es hier nicht ausgehalten hat."

Sie hakte sich bei KH unter und boxte ihn freundlich in die Rippen. „Ich weiß auch schon, wer heute Abend das Geheimnis um die dritte Frau, die große Unbekannte, lüftet."

„So, und wer soll das sein?" KHs Stimme nahm einen düsteren Ton an; ihm schwante nichts Gutes.

„Karlheinrich, der Liebling aller Schwiegermütter und der Versteher älterer Damen."

8

Alte Bekannte

Unter dem Vorwand, „ein bisschen Olympia" zu gucken, hielt KH ein Nickerchen vor dem Fernseher. Daher fuhr Ulla allein zu ihrer Mutter.

Nachdem sie den Wagen hinter dem Krankenhaus geparkt hatte, gönnte sie sich einen Blick in die Hügellandschaft unter sich: kleine Bauernhöfe inmitten blühender Mandelbäume, Schafherden, manchmal ein Traktor und natürlich Pulks von Fahrradfahrern auf den kleinen Straßen – einfach idyllisch.

Im Krankenzimmer befand sich eine weitere Patientin, die schlief. Mama dagegen nippte selbstständig an einer Tasse; der Kopfverband war durch einen kleinen Druckverband ersetzt worden und ihr Gesicht sah schon gut durchblutet aus.

Ulla war glücklich.

Zwar fiel Mama das Sprechen noch schwer, aber sie konnte zu Ullas Erzählungen nicken.

Doch als Ulla auf den Unfall zu sprechen kam, schüttelte sie den Kopf und schloss die Augen.

Sie schien müde.

Ulla flüsterte in ihr Ohr: „Mama, ich hab' dein grünes Wanderbuch gefunden. Wegen der Leiche."

Mama öffnete entsetzt die Augen und wies kopfschüttelnd mit dem Kinn auf ihre Mitpatientin.

Eine Frau im Arztkittel erschien in der Tür und streckte die gespreizten Finger ihrer rechten Hand in Luft.

„Mama, in fünf Minuten muss ich gehen."

Ulla senkte ihre Stimme noch mehr. „Was ist mit der Leiche? Was ist damit? Ist sie die dritte Frau? ETAs und deine Bekannte?"

Mama hielt die Augen fest geschlossen. Ihr Kinn war trotzig in die Höhe gereckt und ihre Lippen pressten sich störrisch aufeinander. Ulla küsste sie seufzend. „Mama, mach's gut, bis morgen. Nur noch eins: Sollen wir dort suchen, wo das Lesezeichen in deinem Wanderbuch steckt?"

Keine Reaktion.

***

Als KH gerade den Speisesaal betreten wollte, zog Ulla ihn plötzlich zurück.

„Ach, lass uns vorher noch einen Aperitif nehmen", flötete sie unnatürlich.

„Was, bitte?" Seine Stirn runzelte sich ungläubig.

Aber da fand er sich auch schon auf einem Hocker an der Bar wieder.

„Für mich einen trockenen Sherry und für meinen Mann … für meinen Mann vielleicht auch?"

KHs Augen schauten noch verständnisloser. „Wenn überhaupt – dann für mich einen Cognac. Ja, von mir aus Carlos. Was meinen Sie? I oder III? Dann Carlos I, bitte. – Nein, nicht drei Carlos. Einen Carlos I. – Wie? – Ja, dann auch gern im angewärmten Glas."

Als der Kellner verschwand, fasste KH seine Frau fest am Arm: „Ulla, was soll das denn? Wenn wir einen Aperitif wollen, können wir ihn genauso gut im Restaurant bestellen. Und dann noch Sherry! Wie kommst du denn darauf?"

Ulla hielt ihre Augen fest auf die Tür zum Restaurant gerichtet. „Weil man einen Sherry besser in einen Speisesaal mitnehmen kann als einen Cognac. Und weil unser Platz noch nicht frei ist."

„Welcher Platz?" KHs Stimme zeigte Verständnislosigkeit.

„Neben den alten Damen – das weißt du doch", antwortete Ulla beschwörend.

„Hör zu, Ulla", KH mäßigte seine aufgebrachte Stimme, als der Kellner mit den Getränken erschien und aus dem Cognacglas das heiße Wasser in einen Behälter schüttete und ihm direkt aus der Flasche die duftende, dunkelbraune Flüssigkeit in sein warmes Glas füllte.

Hmm. Er schwenkte sein Glas und sog kennerisch den Duft ein. Ulla grinste. „Wahrscheinlich hast du jetzt eine Cognacpfütze für 6 Euro, statt für drei, die Carlos III gekostet hätte!" Sie prostete ihm zu. „Wohlsein, wie Hilde immer sagt!"

Der Hinweis auf seine Schwester und der gute Cognac besänftigten KH etwas, aber nicht ganz.

„Hör zu, Ulla", sagte er ruhig, aber bestimmt, „du ermahnst mich immer, nicht mit älteren Damen zu sprechen."

„Weil sie dann sofort zu fünft auf deinem Schoß sitzen", gab sie spitz zurück.

Er überhörte dies: „Und heute soll ich aber …?"

„Ja, KH, natürlich. Dreh dich mal um. Nicht so auffällig. Guck nicht auf die weißhaarige Elegante mit dem vielen Schmuck und dem auffälligen Knoten. Die andere, die mit den braunen kurzen Haaren, ist seit mindestens drei Wochen hier im Hotel und kennt alles. Jedenfalls kennt sie Mama und ETA. Sie ist es auch, die von der ‚dritten Dame' gesprochen hat. Wenn wir also mehr über die Leich … äh, die Unbekannte wissen wollen, gib dein Bestes!"

Unvermittelt umfasste Ulla fest ihr Glas und stand auf. „Es ist soweit! Der Nebentisch ist frei."

Während KH gerade noch einen Zusammenstoß an der Restauranttür mit dem heraustretenden Paar vermied, sah Ulla aus den Augenwinkeln eine Bewegung.

Eine junge Frau im Trainingsanzug der Fahrradgruppe „Sky" saß eingesunken vor dem Fernseher. Statt ihre Augen auf Sotchi zu richten, hielt sie ein Taschentuch vor ihr Gesicht gepresst. Ihre Schultern zuckten.

KH blieb es erspart, sein Bestes geben zu müssen.

Kaum hatten Ulla und er sich mit einem freundlichen „Guten Abend" am Tisch niedergelassen, warfen sich die beiden älteren Damen bezeichnende Blicke zu.

Während Ulla und er sich über den Wein verständigten – „ein hiesiger Rotwein – das klingt doch gut, Ramadar, hier aus Binissalem" – kamen die beiden Alten offenbar überein, den Direktangriff zu wagen.

„Und Sie sind KH", eröffneten sie das Gespräch, als KH auf den Wein wartete. „Wir kennen Ihre Schwiegermutter. Ach, sie war so eine bemerkenswerte Frau!"

„Sie ist – meine Mutter ist eine bemerkenswerte Frau", korrigierte Ulla mit deutlicher Betonung auf „ist".

Die beiden ließen sich nicht beirren.

„Wie schön, wenn es ihr wieder besser geht. Sie war ja auch noch so jung für ihre 75 Jahre. Während Sie ...", Ulla bereitete der prüfende Blick der beiden körperliches Unbehagen, „während Sie Ihre 53 gut tragen!"

Bevor Ulla ihrer Empörung freien Lauf lassen konnte, schickte KH sie mit einer Kopfbewegung zum Büffet.

Ulla atmete tief aus.

Eigentlich war alles wie immer. Die vielen älteren Paare und alleinstehenden Alten genossen ihr Abendessen, teils freudlos am Mineralwasser nippend und leer vor sich hinstarrend, teils in angeregten Gesprächen mit dem Gegenüber oder dem Nachbartisch.

Allerdings fielen die Schlangen vor dem leckeren Büffet kürzer aus; richtig, die Sportler fehlten!

Seltsam, dass eine Fahrradfahrerin übriggeblieben war.

Ulla überprüfte mit einem unauffälligen Blick die Situation. Ja, die junge Frau saß immer noch zusammengesunken vor dem Fernseher.

Mit gut gehäuftem Teller und festen Vorsätzen, sich nicht provozieren zu lassen, kehrte sie an ihren Tisch zurück.

„Diese beiden Damen haben gerade erzählt, dass sich deine Mutter so aufmerksam um – um eine blonde Engländerin im Rollstuhl gekümmert hat. Und um eine weitere Dame."

KH schien froh, das Gespräch nicht mehr allein führen zu müssen.

„Am besten erzählen Sie es meiner Frau selbst", wandte er sich an die beiden Alten und verschwand mit einem schadenfrohen Blick auf Ulla schnell am Büffet.

Die beiden hatten offenbar auf diese Gelegenheit nur gewartet; sie überschütteten Ulla sofort mit einem Redeschwall. Dies ermöglichte ihr, das Essen, ohne zu sprechen, zu verzehren. Empathisches Nicken oder fragendes Kopfschütteln reichten aus, um weitere Berichte und Kommentare ihrer Tischnachbarinnen hervorzulocken.

Letztlich das Altbekannte: Ihre Mutter – so kommunikativ und so rüstig und so behutsam mit der Pflegebedürftigen … und so nett zum Personal und immer auf Ausgleich bedacht, denn die Rollstuhlfahrerin war nicht einfach.

„Einfach unberechenbar!" Die Kurzhaarige schüttelte sich angewidert.

„Einmal hatte sie sogar eine Fahne", flüsterte die Weißhaarige vertraulich, formte mit Daumen und Zeigefinger eine Rundung und führte sie mit zweifacher Kippbewegung zum Mund. „Heimlich, natürlich. Bei Tisch nur Appolinaris oder Bionade. Nach außen alles Etepetete."

„Aber an jenem Abend", ergänzte die Braunhaarige, „legte sie sich mit diesem englischen Sportler an. Dem mit dem künstlichen Arm. Dabei war sie selbst schuld."

„Schuld woran?", fragte KH, der mit vollem Teller zurückkam. Die Elegante blickte ihn dankbar an, weil er ihr das Stichwort für ihren Einsatz gab.

„Der junge Mann bediente sich gerade am Büffet, als die Bekannte Ihrer Mutter mit dem Rollstuhl zu dicht hinter ihn fuhr."

„Wahrscheinlich rempelte sie ihn sogar an!" Scheinbar arglos äußerte ihr Gegenüber diesen heimtückischen Verdacht.

„Jedenfalls, ihm rutschte beinahe der Teller aus Hand, etwas Fischsalat fiel auf Ms Gordon."

Beide lächelten schadenfroh in der Erinnerung.

„Sie hatte einen Hummer im blondierten Haar", der Mund der weißhaarigen Erzählerin verzog sich süffisant, „und die teure beige Chanel-Bluse zeigte rote Soßenflecken."

„Es gab einen Riesen-Skandal. Der Hotelmanager musste antreten und auch der Manager der Fahrradgruppe. Alle Entschuldigungen halfen nichts; Ms Gordon schrie fast das gesamte Restaurant zusammen." Zwei Hände mit kurz gekauten Nägeln hoben sich abwehrend in der Erinnerung.

„Sogar Ihre Mutter konnte sie nicht beruhigen", wandte sich die Elegante an Ulla.

„Erst als diese Gisa ganz laut und ordinär Schadensersatz forderte und ‚der lieben Elfi' einen Cognac bestellte, ließ sie sich besänftigen. Ein skandalöser Auftritt."

„Wer ist Gisa?", fragte KH zwischen zwei Happen.

„Na, die weitere Bekannte. Sie waren zu dritt: Frau Gordon, diese Gisa und Frau Wokkel. Ihre Schwiegermutter hat bewundernswert zwischen den beiden vermittelt: der Rollstuhlfahrerin und der … äh, … nun ja, der Kohlenpott-Tussi."

Ulla zog missbilligend die Augenbrauen hoch und KH stellte erstaunt sein Weinglas zurück, ohne getrunken zu haben.

„Kohlenpott- was?", fragte er.

Jetzt übernahm die Kurzhaarige energisch das Wort.

„Nun sind Sie etwas voreingenommen, meine Liebe", tadelte sie ihr Gegenüber, „Sie wissen doch, dass die dritte Frau aus Hamburg kam."

„Nein, nein. Ich bin Hamburgerin, ich bin Expertin", entgegnete die Weißhaarige, der Ulla inzwischen den Spitznamen *die Lady* gegeben hatte. „Eine echte Hamburgerin würde sich nie so unvorteilhaft kleiden und schon gar nicht die Haare und Fingernägel knallig färben. Und diese Sprache, typisch Ruhrgebiet!"

Die elegante Hamburgerin schien wirklich empört.

Unter dem Tisch versuchte Ulla, mit einem zarten Fußtritt KHs Aufmerksamkeit zu erhöhen.

Als dieser nicht reagierte, fragte sie selbst: „Wie machte sich denn diese ‚Ruhrgebiet-Sprache' bemerkbar? Nur ein kleiner Akzent?

Oder ein richtiger Dialekt? Oder eine Mischung aus Hochdeutsch und Kohlenpott-Platt oder eine ... eine sehr offene Wortwahl?" Die Kurzhaarige nickte zustimmend bei „Mischung".

Aber *die Lady* entgegnete: „Offene Wortwahl!? Meine Beste, drücken Sie sich doch nicht so zurückhaltend aus! Offen?! Besser: Platt und ordinär, ja – so war sie!"

Jetzt hatte KH begriffen und hakte nach. „Wenn Sie von Farben reden ..."

Er kam nicht weiter.

„Die Nägel mal grün, mal violett, mal rosa. Immer passend zur Kleidung – oder ganz bewusst das Gegenteil davon", erläuterte die Kurzhaarige.

„Und die Haare kurz, aber in drei Stufen gefärbt: unten schwarz, dann grün und rot", ergänzte die Hamburgerin.

„In Streifen, rot-grün gestreift?", wollte Ulla wissen.

„Ja", bestätigte die Hamburgerin, „schreiend, wirklich grell. Und billig. Einfach billig, genau wie die Kleidung."

Ulla und KH tauschten möglichst unauffällige Blicke aus.

KH nahm die Spur auf. „Meinten Sie vielleicht Gesa? Gisa ist ja nun kein gewöhnlicher Name?"

Auch KHs Männerbonus nützte nichts, er wurde sofort unterbrochen. „Nein, nicht Gesa. Nichts Norddeutsches. Eigentlich Gisela. Aber das ist ja viel zu altmodisch."

Der sarkastische Ton in der Stimme *der Lady* war unüberhörbar. Ihre Tisch-Bekanntschaft ergänzte nicht weniger spöttisch: „Und Gila ist die übliche Abkürzung, die jeder hat. Also individuell und originell: Gisa."

Ulla und KH sahen sich bedeutungsvoll an.

KH nickte und erhob sich unauffällig, um sich Käse und Obst zum Dessert zu holen.

Ulla verzichtete auf Nachtisch und richtete ihre Frage direkt an die Frau, die schon seit Wochen im Hotel wohnte: „Haben die drei denn gleichzeitig hier Zimmer bezogen?"

„Nein", die Antwort kam sofort, „am vergangenen Montag kamen Ihre Mutter und Ms Gordon, und erst am Mittwoch folgte Gisa. Auch sie war mit SunSea nicht zufrieden."

„Obwohl sie da gut hingepasst hat", kommentierte die Hamburgerin spitz.

Als Ulla gedankenverloren nickte, sah sie sich den neugierigen Blicken beider älterer Damen ausgesetzt: „Kennen Sie denn diese Gisa?"

Ulla seufzte. „Vermutlich."

★★★

„Was ist passiert?", bellte Hilde angespannt ins Telefon.

Es konnte sich nur um ein Unglück handeln, wenn ihr Bruder um diese Zeit in Hamburg anrief, zudem noch aus dem Urlaub. KH kam sofort zur Sache.

„Gisa auf Malle? Ja. Das heißt: nein." Hilde überlegte einen kurzen Moment. „Sie müsste schon wieder hier sein. – Was sagst du, Mehdi?"

Im Hintergrund war die Stimme seines Schwagers zu hören.

„Mehdi sagt, sie wollte vorgestern wiederkommen. – Auf jeden Fall war sie auf Malle. – Wo? Weiß ich nicht. Ist es denn wichtig?"

KH erklärte vorsichtig und möglichst undramatisch die Situation. Seine Schilderung reichte aus, dass Hilde versprach, Gisa anzurufen.

„Und wenn sie sich nicht meldet, fährt Mehdi vorbei", mutmaßte Ulla. „Du kennst doch Mehdi, die treue Seele. Er lässt doch eine gute Freundin seiner Frau nicht im Stich, selbst wenn die beiden mal wieder verzankt sein sollten."

Hilde und ihre Ex-Kollegin Gisa verband eine Hass-Liebe, über deren ständige Höhen und Tiefen KH und Ulla ausgiebig informiert wurden.

★★★

KH fühlte sich zu müde für einen Abendspaziergang: „Bedenke, dass ich schon morgens um 4.00 Uhr am Flughafen sein musste. Und anschließend hatte es dieser Tag heute auch in sich."

Ulla stimmte zu. Die Stunden schienen hier doppelt so lang.

Sie entschieden sich für einen „kleinen Absacker" in der Bar. Dass es mehr ein „Aufreger" werden würde, konnten sie nicht wissen.

Während sie beide auf ihren „Carlos" warteten ... „Bitte Carlos I, Kalli, auf die paar Euro kommt es nun auch nicht mehr an!", ... überprüfte Ulla ihre SMS und KH versuchte, das Neueste aus Sotchi zu erfahren. Er schlenderte zur Couch vor dem Fernsehgerät.

Ulla las zuerst Ingrids Nachricht.
Erreichen ETA in Deutschland nicht. Haben es von verschiedenen Anschlüssen aus versucht, damit sie keinen Verdacht schöpft. Alles vergeblich. Hier ihre Nummer ...

Ulla kopierte die Zahlenfolge in ihr Adressbuch und wählte. Niemand meldete sich.
Sie würde die Nummer durch Elmar und Manuel überprüfen lassen müssen.

Die andere Nachricht stammte von Eni.
Ist KH gut angekommen? Wie geht es Uroma? Ist ihr Handy kaputt oder geklaut? Macht so komische Töne. Uns geht's gut. Haben euch lieb Eni und Domi.

Ulla ärgerte sich.
Sie hatte immer noch nicht mehr über die Habseligkeiten ihrer Mutter erfahren, zum Beispiel Rucksack oder Handtasche, Portemonnaie oder Brieftasche – Dinge, die sie immer dabeihatte.
Irgendjemand musste doch nach dem Unfall etwas gefunden haben! Wussten Manuel oder Elmar etwas? Sie wählte ihre Nummern.
Keiner von beiden beantwortete sein Telefon. Wahrscheinlich arbeiteten die beiden im Restaurant und Margarita brachte Veronica ins Bett.
Leider konnte sie Jenny nicht anrufen. Sie durfte morgen nicht vergessen, sich Jennys Handynummer geben zu lassen.

Dann kam ihr ein Gedanke: Warum folgte sie nicht einfach Enis Beispiel und rief Mamas Nummer an?

Die Verbindung kam sofort zustande, wenn auch sehr schwach. Wahrscheinlich war der Akku fast leer.

Seltsam, es hörte sich so an, als ob … ja. Wie Atemnot.

Ulla stand schnell auf und rüttelte KH vor dem Fernseher wach. Die junge Frau im Trainingsanzug neben ihm starrte ins Leere; immerhin weinte sie nicht mehr.

KH versuchte, sich zu orientieren, aber Ulla hielt ihm sofort ihr Handy ans Ohr. „Da, hör mal. Komisch, nicht?"

KH blinzelte die Reste seiner Müdigkeit fort: „Hm. Hört sich an wie – wie Röcheln. Was ist das?"

In diesem Moment klingelte sein Handy.

„Mehdi", formte KHs Mund in Richtung Ulla, nachdem er aufs Display geschaut hatte.

„Ah, dort sind sie", riefen zwei Damenstimmen. „Ihr Cognac wartet!"

Ulla sah den Barkellner mit der Cognac-Flasche und zwei erwärmten Gläsern an ihrem Zweiertisch stehen, den die beiden Alten geschickt und schnell durch ein weiteres kleines Tischchen mit zwei Piccolo-Flaschen und Sektgläsern erweiterten.

Sie blickten sie erwartungsvoll an.

Ulla hörte die ruhige und besänftigende Stimme ihres Schwagers im Hintergrund, als sie sich heimlich seufzend den beiden ungebetenen Gästen zuwandte.

Ohne irgendwelche Anzeichen von Vergesslichkeit setzten die beiden sofort das Gespräch vom Abendessen fort.

„Sie kennen also diese Gisa."

Ulla wich aus: „Nicht direkt. Sie könnte eine Bekannte meiner Schwägerin sein."

Das erstaunte die beiden.

„Wieso eine Bekanntschaft Ihrer Schwägerin? Ihre Mutter hat doch nie die verwandtschaftlichen Beziehungen erwähnt!" Die beiden schienen empört, nicht in die Familienangelegenheiten eingeweiht worden zu sein.

„Natürlich hat meine Mutter nie von ihr erzählt. Sie kennt doch die Bekannten meiner Schwägerin nicht. Und ich glaube nicht, dass Gisa ihr Typ war." Kategorisch schloss Ulla eine Nähe zwischen Mama und der offenbar schrillen dritten Bekannten aus.

Die beiden warfen sich bezeichnende Blicke zu.

„Nicht? Ihre Mutter konnte aber gut mit ihr." Eine kurze, vielsagende Pause. „Oder meinen Sie, es war wegen des Geldes?"

Ulla war verdutzt. Was sollte diese Anspielung bedeuten?

„Meine Mutter kann mit jedem gut. Das ist eine ihrer Stärken. Sie kann sich sehr gut auf andere einstellen ..." *... sogar auf neugierige Alte wie Sie.* Aber diesen Nachsatz verkniff sie sich.

Die beiden Frauen ließen sich nicht beirren.

„Ja, ja. Aber diese Gisa hatte genug Geld. Sie hat bezahlt. Auch für Ihre Mutter."

„Wie bitte? Was denn, was hat sie denn bezahlt?" Ulla konnte sich nicht an irgendein Zeichen von Großzügigkeit aus Hildes Schilderungen über Gisa erinnern. Im Gegenteil. „Geizig und kleinkariert", war eine beliebte Etikettierung, wenn es mal wieder Streit gab.

„Die Taxen. Sie hat die Taxen bezahlt."

Ulla runzelte die Stirn: „Welche Taxen?"

„Ach", ein mitleidig-bedauernder Blick *der Lady*, „hat Ihre Mutter Ihnen denn gar nichts erzählt? Ich dachte, sie hätten ein gutes Mutter-Tochter-Verhältnis."

Ulla spürte die Wut in sich aufsteigen und spülte sie mit einem schnellen Schluck Cognac hinunter. *Lass dich nicht von zwei hinterhältigen Alten aus der Fassung bringen*, befahl sie sich, *genieß deinen Cognac in Ruhe.*

Sie warf einen Blick auf KH, der gerade sein Handy einsteckte. Er schaute sie an, schüttelte den Kopf und zeigte ihr schulterzuckend zwei leere Handflächen.

Offenbar war Mehdi erfolglos gewesen beim Aufspüren von Gisa.

Ulla freute sich, dass KH sie nun unterstützen würde.

Aber KH drehte ihnen den Rücken zu und setzte sich wieder vor das Fernsehgerät.

Augenscheinlich war er zum Ergebnis gelangt, dass ein Cognac es nicht wert war, das Gerede von zwei Alten über sich ergehen zu lassen.

Recht hat er, dachte Ulla und griff zu KHs Glas.
Sie brauchte Stärkung für das weitere Gespräch.
Dass es dann aber so schlimm werden würde, ahnte sie nicht.

„Die Taxen", verkündete jetzt die kurzgeschnittene Braungefärbte, „die Taxen brauchten sie für die Verfolgung."
Ulla verschluckte sich und die Elegante klopfte ihr zart auf den Rücken.
„Ja, ja, Kindchen, es ist alles ein bisschen viel für Sie. Und so plötzlich!"
Sie warf ihrer Gesprächspartnerin einen sanft tadelnden Blick zu.
„Wir haben ja auch länger gebraucht, bis wir alles durchschaut haben. Mit ihrem freundlichen Wesen konnte Ihre Mutter gut täuschen. Sogar uns!"

Ulla hielt die Luft an und nahm dann gezielt einen weiteren Schluck.
Dieses Mal blieb sie vom Husten verschont.
Sie nickte als Zeichen, dass sie bereit war, weiter zuzuhören.
„Ms Gordon war – nun ja, sie war etwas – etwas männerfreundlich. Sogar mit dem jungen Gärtner. Carlo."
Unwillkürlich sah Ulla aus dem Fenster, aber der Hotelgarten lag im Dunkeln. „Und Ihre Mutter …"
„… war natürlich auch nett zu Carlo", unterbrach Ulla. „So wie sie zu allen Menschen nett ist", ergänzte sie und wunderte sich selbst über die Schärfe in ihrem Ton.
„Ja, aber", die beiden warfen sich unschlüssige Blicke zu.
Sollten sie die Tochter einweihen?
Durch ein Nicken bestätigten sie sich gegenseitig.

„Also gut. Ihre Mutter und Carlo haben sich auf dem Grundstück neben dem Bauplatz getroffen. Das vierte von hier. Sogar am helllichten Tag."

Die Weißhaarige flüsterte den letzten Satz mit geheimnisumwitterter Stimme und schaute Ulla bedeutungsvoll an.

„Und was haben sie dort gemacht?" Angesichts dieser gemeinen Unterstellung konnte Ulla Leichtigkeit in ihre Stimme legen. Das war doch wirklich zu albern, was sich die beiden vorstellten!

„Das wissen wir nicht. Aber sie ist über die Mauer geklettert. Als Fünfundsiebzigjährige!"

Zum zweiten Mal an diesem Tag fragte Ulla sich, warum ihre Mutter für zehn Jahre jünger gehalten wurde.

Mund halten, wahrscheinlich hat alles seinen Grund!

Ihr Schweigen zahlte sich aus.

„Carlo ist aber wohl eher nebensächlich. Jedenfalls war er für diese Gisa nicht von Bedeutung. Sie hatte mehr Hoffnung auf die beiden anderen Männer gesetzt", sinnierte die Braunhaarige und die Elegante nickte zustimmend.

Ulla konnte nicht mehr folgen und hielt sich am Cognacglas fest. Dennoch – ihre inneren Fragen wurden prompt von der Kurzhaarigen beantwortet.

„Den mittelalten Gutaussehenden. Einen Spanier vom Festland. Miguel. Und auf den Immobilienmakler mit dem englischen Namen. Der war aber der besondere Liebling von Ms Gordon. Obwohl …"

„… obwohl sie gar nicht richtig Englisch konnte", fügte die Hamburgerin triumphierend hinzu. „Ich sag ja, alles nur Schein."

Ulla sah, wie KHs Rücken sich plötzlich versteifte. Irgendetwas schien ihn zu beunruhigen.

Sie musste hier schnell zum Ende kommen, zumal der Cognac ausgetrunken war.

Daher fragte sie schnell nach den Verfolgungs-Taxen.

„Nun ja, immer wenn einer der beiden Herren Ms Gordon mit einem Mercedes abholte, fuhren Ihre Mutter und Gisa im Abstand hinterher."

„Und diese Gisa bezahlte", ergänzte *die Lady* triumphierend.

Ulla fand dies alles absurd. „Und woher sollten sie die Adresse wissen?"

Die beiden warfen ihr einen mitleidigen Blick zu.

„Ihre Mutter verstand sich auch sehr gut mit dem Personal an der Rezeption. Sie wurde von dieser Gisa als Spionin genutzt."

In diesem Moment stand KH abrupt auf und gestikulierte wild zu Ulla hin.

„Komm schnell, du wirst hier gebraucht!"

Ulla fand die junge Sportlerin auf der Erde. Sie war äußerlich unverletzt. Offenbar war sie langsam vom Sofa geglitten.

Ulla richtete die junge Frau auf und schickte KH zur Bar, um ein Glas Wasser zu holen. Als sie beruhigende Worte flüsterte, wurde sie aufgeschreckt.

„Ach", rief die Kurzhaarige, „das ist doch die Freundin des Fahrradfahrers. Dem mit dem Arm!"

„Und", fügte die Weißhaarige triumphierend hinzu, „der nach dem Vorfall mit Ms Gordon so plötzlich verschwunden ist!"

9

Rätselhaft

Ulla wachte mit Kopfschmerzen auf, obwohl KH sie gestern Abend von einem weiteren Cognac abgehalten hatte. Wahrscheinlich gerade deshalb die Kopfschmerzen.
Zu allem Überfluss zeigte sich heute der Himmel in Grau.

Das Frühstück verlief einsilbig.
Ulla versuchte, ihre Gedanken zu sortieren; auch KH schaute nachdenklich und starr auf sein Spiegelei mit Speck. Seine Haltung signalisierte ein deutliches *Nicht-Ansprechen*. Er hatte Erfolg damit, zumal die beiden älteren Damen noch nicht zum Frühstück erschienen waren.
Vermutlich noch zu besoffen, dachte Ulla grob.

Während sie sich gestern Abend um die junge Engländerin gekümmert hatte, widmeten sich die beiden Alten intensiv dem armen KH.
Sie tranken munter ein Sektchen nach dem anderen und KH tröstete sich mit einem Glas Rotwein. Mit ununterbrochenem Redefluss enthüllten sie KH dieselben „Ungeheuerlichkeiten", die sie vorher Ulla mitgeteilt hatten – vielleicht mit stärkerer Ausschmückung einzelner Details.

Todmüde hatten sich KH und Ulla kurz vor dem Einschlafen ausgetauscht.
Mehdi und Hilde hatten gründlich recherchiert.
Als Gisas Neffe sie am Montagabend in Hamburg-Fuhlsbüttel vom Flughafen abholen wollte, war Gisa nicht in der Maschine gewesen.

Er hatte sich zwar wegen seiner vergeblichen Fahrt geärgert, aber keine Sorgen gemacht. Denn seine Tante hatte bereits im letzten Telefongespräch angedeutet, dass sie ihren Urlaub verlängern könnte.

„Typisch Gisa, nie zuverlässig", war Mehdis Kommentar.

Eine weitere gemeinsame Freundin, Ruth, war ebenfalls über eine mögliche Verlängerung des Mallorca-Aufenthaltes in Kenntnis gesetzt worden.

„Könnt ihr nicht im Hotel herausfinden, ob sie am Montag abgereist ist?", hatte Mehdi vorgeschlagen.

Ulla und KH hatten sich dies als erste Aufgabe nach dem Frühstück vorgenommen.

Die zweite Aufgabe würde es sein, zu überprüfen, wie es der Engländerin ging. Ulla hatte nach einigem guten Zureden herausgefunden, dass die junge Frau nicht mit dem Team abgereist war. Ihr offizieller Auftrag war es, weiterhin nach dem Verbleib des verschwundenen Sportlers zu forschen und den Kontakt zur örtlichen Polizei zu halten.

„Wahrscheinlich haben die beiden Alten recht", hatte Ulla vermutet, „diese junge Frau – Nancy – ist so durch den Wind, wie es eine einfache Kollegin nicht wäre. Wahrscheinlich ist sie wirklich seine Freundin."

Außerdem hatte Nancy ihr Vertrauliches aus dem Team mitgeteilt. Der junge Sportler habe sich mit dem Teamchef überworfen, weil er für den abschließenden Wettbewerb – eine Rundfahrt um Mallorca – nicht ins Spitzenteam nominiert worden war, sondern nur als Ersatzfahrer starten sollte. Und das, obwohl Mallorca eigentlich seine Heimat war, denn seine Mutter stammte von hier. Der junge Mann sei systematisch ausgegrenzt worden. Er sei sehr verbittert gewesen und habe überlegt, dass er vielleicht seinen Wohnsitz nach Mallorca verlegen und demnächst für Spanien starten würde.

Er sei zwar enttäuscht, aber voller Pläne gewesen.

Und nun fehlte er spurlos!

Wieder Tränen der jungen Frau.

Ulla wurde aus ihren Gedanken gerissen, als am Nebentisch ein Paar Platz nahm. Beide waren jünger als Ulla und KH und sollten, so fand Ulla, eigentlich noch genügend Gesprächsstoff miteinander haben.

Aber die beiden befanden sich auf Kontaktsuche.

Die Frau war geschmackvoll und hochwertig gekleidet; die gedämpften, gut aufeinander abgestimmten Farben und der lange knallige Seidenschal als Blickfang lenkten von ihrer eher rundlichen Figur ab. Sie heftete ihre gut geschminkten Augen mit den langen, gebogenen Wimpern (*künstlich*, kritisierte Ulla) auf KH und hüstelte.

Dieser war aber noch so vom gestrigen Abend schockiert, dass er seine „Nicht-Stören-Haltung" verstärkte und sich mit stur auf den Teller fixiertem Blick Nachschlag besorgte.

Ulla blickte gezielt aus dem Fenster und überhörte einfach die Frage der beiden, ob der Wetterbericht für mittags vielleicht eine Besserung vorausgesagt hätte.

Demonstrativ wandte sie sich ihrem Handy zu.

Margarita hatte ihr ETAs deutsche Telefonnummer geschickt.

Leider war es dieselbe Nummer, die Ingrid und ihre Familie und auch Ulla vergeblich angerufen hatten.

Noch beunruhigender war Margaritas Kommentar: *Erreichen Elfi leider nicht. Jennys Nummer tot. Rätselhaft.*

„Nette Neuigkeiten?", sprach sie ihr Sitznachbar freundlich an.

Irgendwie kam er Ulla bekannt vor.

Sie machte eine unverbindliche Kopfbewegung und stand schnell auf.

An der Käsetheke verständigte sie sich rasch mit KH, den Rest des Frühstücks vor dem Fernseher zu verzehren.

Sie ergriffen ihre Kaffeetassen und sagten entschuldigend: „Sotchi. Deutsche Rodler" in Richtung ihrer Nachbarn.

„Ja, ja, wir kommen gleich nach. Etwas Ablenkung tut gut – wenn Sie wüssten, was wir gestern am Berliner Flughafen erlebt haben …"

Ulla und KH stellten übereinstimmend fest, dass ihnen der Appetit vergangen war. Sie aßen weniger genussvoll als üblich Käse und Obst vor der Kulisse der Rodelbahn – immer den Speisesaal im Blick für eine schnelle Flucht.

Nach dem Frühstück wollten sie gerade unauffällig im Fahrstuhl verschwinden, als der Portier sie anhielt.

„Bitte – der Manager möchte Sie gern sprechen."

Ulla blickte in Xaviers etwas unglückliches Gesicht.

Sofort fühlte sie sich schuldbewusst.

Hatte es Ärger gegeben, weil er ihr den Schlüssel für Mamas Zimmer überlassen hatte?

Aber dem Manager ging es nicht um eine strikte Auslegung der Hotelregeln.

Im Gegenteil.

Nervös zupfte er an seinem Krawattenknoten, bevor er schnell zu der ihm offensichtlich unangenehmen Angelegenheit kam.

„Eine Bekannte Ihrer Mutter – Frau Gisela Schmitz – ist … nun … sie ist seit Montag nicht mehr in ihrem Zimmer gewesen. – Nein, nein, keine Sorge, das Zimmer ist bezahlt bis übermorgen. Und natürlich spionieren wir nicht – *non espionar* – hinter unseren Gästen her. Aber … sie sind zusammen losgefahren am Sonntag – *el domingo* – und dann der Unfall …"

Seine Stimme wurde leiser: „Wir fragen uns einfach, ob wir die Polizei informieren müssen."

„Am Sonntag? Wieso denn am Sonntag?", fragte Ulla.

Der Unfall war nach Aussage aller am Montagmittag passiert.

Der Manager zuckte die Achseln. „Sie sind am Sonntag weggefahren. Señora Gordon mit Senor Hernandez im weißen Mercedes. Ihre Mutter und Frau Schmitz im blauen Golf. Frau Schmitz war die Fahrerin – *conductora*. Am Montag waren alle Betten unbenutzt. Also hat niemand von Sonntag auf Montag im Bon Aire geschlafen – *non dormido*."

KH räusperte sich und warf Ulla einen unsicheren Blick zu.

„Am besten informieren Sie die Polizei", sagte er zögernd.

Ulla nickte: „Niemand weiß, wo sich Frau Schmitz derzeit aufhält."

Wo war Gisela Schmitz? Oder anders gefragt: Wo war Gisa, Hildes Kollegin?

Als sie das Büro des Managers verließen, stand das redselige Berliner Paar direkt an der Tür. Hatten sie gelauscht?

„Ach, auch eine Nachfrage oder Beschwerde?", erkundigte sich die Berliner Frau unschuldig-neugierig.

Ulla zog KH sofort weiter.

„Entschuldigung, wir haben einen dringlichen Termin!"

„Im Urlaub?", hörten sie zwei ungläubige Stimmen hinter sich, als sie endlich den Fahrstuhl erreichten.

Die Tür zum Zimmer der jungen Engländerin stand offen, da der Room-Service seinen Dienst tat.

Als Ulla an der Türschwelle zögerte und versuchte, einen Einblick in das Zimmer zu erhaschen, trat das Zimmermädchen schnell aus dem Bad und bemühte sich, ihr den Blick abzuschneiden.

Glücklicherweise war es Anna-Maria.

„Your mother – better?", erkundigte sie sich mitfühlend. Ulla nickte.

„And where is this young lady?"

„On the beach. *Paseo*. Walking."

Und sehr vertraulich fügte sie flüsternd hinzu: „Got message. Everything okay."

Ulla wunderte sich. Welche Botschaft hatte die junge Frau erhalten? Und von wem? Und woher wusste Anna-Maria dies? Und was war alles in Ordnung?

Auf dem Parkplatz stach zwischen den grauen, beigen und braunen Mietwagen ein kleiner gelber Citroën hervor.

„Schau mal, ein echtes kleines Zitrönchen", Ulla deutete lächelnd auf den kleinen Flitzer.

„Wahrscheinlich privat. Die Mietwagen sehen einheitlich trist aus."

Aber sie hatte sich getäuscht. Das *Europcar*-Schild an der Frontscheibe wies auch dieses Auto als gemietet aus.

KH und sie nahmen die Autobahn Richtung Palma. Zwischendrin regnete es kurz. Schwere Wolken zogen sich um die wuchtigen Felsen der Tramuntana. Beide hingen ihren Gedanken nach und hatten wenig Sinn für dieses beeindruckende Schauspiel. Erst als sie bei Maria del Carmi auf Nebenstraßen in die Berge fuhren, hielten sie einmal kurz an, um durch die blühenden Mandelbäume einen Regenbogen gegen die bizarren Berge zu fotografieren. Ein gutes Vorzeichen, verständigten sie sich.

Trotz des regnerischen Wetters waren Fahrradfahrer unterwegs. KH fuhr langsam. Sie waren zu früh für die Visite, auch konzentrierte sich nur ein Teil seiner Aufmerksamkeit auf die Straße, der Rest versuchte, die ungelösten Fragen aufzuklären.
Plötzlich fluchte er und bog abrupt in einen Feldweg. Ulla bemerkte aus den Augenwinkeln einen zitronengelben Citroën, der an ihnen vorbeizog.
„Was ist los, KH?"
„Dieser Idiot klebt mir schon die ganze Zeit an den Hinterreifen. Nun soll er vorausfahren!"
Ulla wunderte sich. Normalerweise war KH nicht so dünnhäutig. Sie betrachtete ihn aufmerksam und bemerkte die Ränder unter seinen Augen und die Sorgenfalten. Sie drückte seine Hand.
„Es tut mir sehr leid, KH, ich hätte mir auch einen anderen Urlaub gewünscht."
„Ich weiß, Liebes. Es wird schon." Er versuchte, beruhigend zu klingen.

Als sie das Mühlen-Restaurant passierten, schaute sich Ulla wie immer aufmerksam um.
Die blühende Landschaft, durchzogen von leuchtenden Orangen und Zitronen an kleinen Bäumchen und das alte Gebäude bildeten zusammen eine Postkartenidylle, auch bei trübem Wetter. Im Hof der Mühle parkten viele Autos, obwohl es noch keine Zeit zum Mittagessen war. Vielleicht eine geschlossene Gesellschaft. Dann würden Manuel und Elmar wieder keine Zeit für Auskünfte haben.

An der Parkplatz-Auffahrt nahm sie ein Paar wahr, das sich gerade umdrehte und hinter ihrem Wagen her starrte.

„Die sehen aus wie die Berliner", sagte Ulla, „vielleicht bilde ich es mir aber auch ein, weil sie nur genauso neugierig guckten."

Nach einer Weile schaute KH häufiger in den Rückspiegel und schüttelte ungläubig den Kopf. „Dieser Citroën ist schon wieder hinter uns!"

Ullas Blick in den Seitenspiegel bestätigte dies.

Nun wurde sie ungehalten. „Meinst du, das sind die beiden kontaktfreudigen Berliner?"

„Kann die Gesichter nicht erkennen ... ach, nun biegen sie ab."

„Hier?", Ulla wunderte sich. „Das ist doch nur die Auffahrt zu ‚John's Place'."

Aufmerksam betrachtete sie die Gegend.

„Du, KH, außer der Bauruine scheint es hier auch noch eine kleine Villa zu geben. Weiter oben, hinter Pinien versteckt. – Guck auf die Straße!", zischte sie KH an, als dieser einen kleinen Schlenker fuhr.

Das Wetter besserte sich und sie führte KH einmal um das Krankenhaus herum, damit er auch die Aussicht auf Tramuntana, Ebene und Blüten genießen konnte.

Mama war froh, sie zu sehen.

Sie war allein. Ihre Zimmernachbarin befand sich bei einer ärztlichen Untersuchung.

Mama redete immer noch nichts, schien aber ihrem Geplauder über die Familie interessiert zu lauschen.

Als Ulla das Gespräch auf Gisa brachte und sich über ihren Verbleib erkundigte, schloss ihre Mutter die Augen, und ihre Gesichtszüge nahmen einen starren Ausdruck an.

„Bedräng sie nicht", flüsterte KH. Stattdessen gab er Mama im lockeren Ton eine heitere Beschreibung „einer Freundin meiner Schwester Hilde".

Bei manchen Eigenheiten schien Mama kaum merklich zu nicken.

Aber als KH beiläufig erwähnte, diese Gisa sei auch im Bon Aire gewesen, „vielleicht seid ihr euch ja begegnet", schlossen sich Augen und Lippen fest.

Sie reagierte auch auf Streicheln und andere Gesprächsthemen nicht, sondern wirkte apathisch.

Ulla verlor die Geduld.

„Mama, wir fahren jetzt zu der Stelle. Du weißt, die aus dem Wanderbuch. Wo wir die Leiche suchen sollen", erklärte sie sehr direkt.

Ihre Mutter zuckte zusammen.

Brutal fuhr Ulla fort. „Gisa fehlt seit Montag. Vielleicht ist sie ja die Lei … – die verstorbene Person."

Mama wurde unruhig, sie schüttelte kaum wahrnehmbar den Kopf und bewegte die Lippen.

„Wie, Mama?" Ulla beugte ihr Ohr zu ihr.

„ETAs Haus", meinte sie, vernehmen zu können.

„ETAs Haus? Was meinst du damit, Mama?"

Sie war verblüfft.

„Unser Hotel?" Kopfschütteln.

„Die Seniorenresidenz?" Erneutes Kopfschütteln.

„Was dann?"

Mama seufzte und drehte ihren Kopf zur Wand.

★★★

Die Ermita de la Trinitat lag zwischen Valdemossa und Deja.

„Über der Nordwestküste von Mallorca liegt das kleine, im 17. Jahrhundert gegründete Kloster Ermita de la Trinitat", las Ulla aus Mamas Wanderbuch vor. „Beschauliche Rundtour – malerische Wälder – Stille und herrliche Ausblicke genießen – Wir beginnen die Wanderung auf dem Parkplatz, der hinter den bis heute von den Mönchen bewohnten Gebäuden der Ermita de la Trinitat liegt."

Sie fanden die Abzweigung nach Deja sofort.

Als schwieriger erwies es sich, den Parkplatz der Ermita zu finden.

Sie sahen eine Ausbuchtung bei einem Wirtschafts-Gebäude links von ihnen, zogen dies aber nicht als den gesuchten Parkplatz in Betracht – falsche Straßenseite, zu früh.

Allerdings fanden sie keine weitere Abzweigung mehr.

„Bei Kilometer 70 soll sie sein; wir sind gerade bei 69 vorbeigefahren, also gleich. Fahr langsam, KH." Ulla hatte nochmal im Wanderführer nachgeschaut.

Durch die vielen Kurven zog sich dieser kilometerlang hin. Hin und wieder sahen sie unter sich in der Tiefe durch Lücken im Grün das Meer blau schimmern.

Doch sie konnten sich ein Schwelgen in landschaftlicher Schönheit nicht erlauben; ihr Augenmerk war auf die Abzweigung gerichtet.

„Da, ein Kilometerzeichen. Mist, das ist 68. Wir fahren in die falsche Richtung, KH!"

KH fluchte bereits und bog bei nächster Gelegenheit in eine Privat-Auffahrt, um zu wenden.

Ein gelber Wagen zischte an ihnen vorbei.

KH und Ulla sahen sich an. Zufall oder …?

Niemand sprach den Gedanken aus. Während KH zurückfuhr, bemühte sich Ulla, die gesuchte Seitenstraße zu entdecken. Ohne Erfolg.

„Es sei denn", KH deutete auf einen steil nach oben führenden kleinen Waldweg auf der Gegenseite, „das ist er."

„Diese Spitzkehre? Die kann kein Mensch fahren!" Ulla glaubte es nicht.

Auf dem Abstellplatz vor dem braunen Wirtschafts-Gebäude hielten sie an.

Ulla konsultierte die Karte nach einer besseren Möglichkeit.

KH las den Wanderführer.

„Hier, da steht es doch genau: Zum Straßenkilometer 70 und gegenüber dem Restaurant Can Costa auf schmaler Seitenstraße zur Ermita. Das kann nur die Spitzkehre sein."

Sie beschlossen, einen Versuch zu wagen. Doch die schmale Seitenstraße – in ihren Augen eher ein enger Waldweg – mündete direkt nach einer Kurve steil im gefühlten 20-Grad-Winkel auf ihre Straße, sodass KH sicherheitshalber weiterfuhr.

Nur nicht gerade jetzt einen Unfall riskieren! Schon gar nicht aufgrund fantastischer und widersprüchlicher Aussagen einer noch fast Bewusstlosen.

Auf dem fast leeren Parkplatz eines Hotels, das sich offensichtlich noch in der Winterruhe befand, wendete er.

Als sie auf die Hauptstraße bogen, sahen sie ein gelbes Auto vor sich um eine Kurve verschwinden.

Ulla legte ihre Hand auf KHs Oberschenkel: „Ruhig bleiben, KH. Aber ich glaub jetzt nicht mehr an einen Zufall!"

★★★

Nachdem sie ihren Versuch, zur Ermita zu gelangen, aufgegeben hatten, parkten sie in Valdemossa und fanden sich trotz der Winterzeit unter vielen Touristen wieder.

„Wollen die alle auf den Wegen von Chopin und George Sand wandeln?", spottete Ulla.

Aber sie musste zugeben: Der Ort war für sich allein schon sehenswert, auch ohne das berühmte Paar. Valdemossas Steinhäuser zogen sich malerisch in Terrassen den Berg hinauf. Bei nun wieder blauem Himmel, Sonnenschein und Blütenzauber konnten sich sogar Ulla und KH einer Art Urlaubsgefühl nicht entziehen. Sie sparten sich das Karthäuser-Kloster, in dem die beiden Berühmtheiten gelebt hatten, und genossen die laue Luft und den Vorfrühling auf einem kleinen Weg um den Ort, der ihnen immer wieder neue Ausblicke auf Villen, Kirchen, Kloster, Orangenhaine und Schafherden bot.

Ulla zoomte sich gerade eine Villa mit Bougainvillea, Swimmingpool und Lämmern als idyllisches Fotomotiv heran, als sie plötzlich die Kamera sinken ließ.

„Ich glaub's nicht! KH, schau mal durch!"

Sie hielt ihm den Apparat vor die Nase.

„Was denn?" KH hatte Mühe, den gemeinten Gegenstand zu identifizieren.

„Auf der Auffahrt! Das gelbe Auto!"

KH schüttelte ungläubig den Kopf, setzte die Kamera ab, kontrollierte mit bloßem Auge und äugte erneut durch den Apparat. Systematisch und langsam durchsuchte er mit dem Zoom das Gelände.

Endlich hatte er sein Ziel erreicht. „Da!"

Ulla folgte seinem ausgestreckten Zeigefinger.

Die beiden kleinen Menschen-Figuren auf dem Grundstück mussten die Bewegung wahrgenommen haben; sie hielten inne und schauten zu ihnen hinauf. Dann drehten sie sich abrupt um.

„Jetzt reicht's mir aber!" KH eilte schnellen Schrittes in Richtung der Villen-Einfahrt. Ulla hatte Mühe, ihm zu folgen, obwohl der Weg leicht bergab verlief.

Außer Atem stellte sich KH zwischen den Citroën und die zwei den Hang Hinaufeilenden.

„Was soll das?", rief KH empört. „Warum folgen Sie uns?"

„Wieso folgen? Wir machen nur einen kleinen Ausflug nach Valdemossa und schauen uns Häuser an, die zum Verkauf angeboten werden."

Die Berliner wirkten harmlos.

„Aber hier steht nichts von Verkauf!", protestierte Ulla. „Schauen Sie, das *se vende*-Schild ist abgenommen und umgedreht worden."

„Eben", antwortete die Frau, „gerade deshalb ist dies vermutlich die richt ..."

Sie verstummte, als sie bemerkte, dass ihr Mann ihr möglichst unauffällig signalisierte, zu schweigen.

Angriffslustig wandte er sich an KH: „Was machen Sie eigentlich hier? Was geht Sie diese Villa an?"

Bevor KH antworten konnte, bremste ein Auto hinter ihnen.

Einem cremefarbigen Taxi entstiegen die zwei älteren Damen aus dem Bon Aire. Sie winkte dem Taxifahrer noch freundlich zu, als er zurücksetzte.

Dann kamen sie langsam auf die beiden sprachlosen Paare zu und genossen sichtlich deren Überraschung.

„Oh", sagte die Weißhaarige amüsiert, „alle vier am selben Ort. Wer hätte das gedacht?"

Und die Kurzhaarige ergänzte süffisant, von oben herab: „Wandeln Sie auch auf den Spuren unserer lieben Verschwundenen?"

10

Del Inferno

Plötzlich jaulte hinter ihnen ein Motor auf, gleichzeitig klappten zwei Autotüren zu. Kies spritzte, als der gelbe Citroën im Rückwärtsgang die Auffahrt der Villa hinaufjagte und auf die Hauptstraße Richtung Palma bog.

Die alten Damen ließen nur ein mildes „tss, tss, tss" erklingen, während KH ein „Spinner" entfuhr. Ulla hatte sich mit einem kleinen Sprung auf ein Blumenbeet gerettet und fühlte nun, dass ihre weichen Knie sie nicht mehr weit tragen würden. Die zwei Alten blickten schadenfroh: „Damit hätten Sie wohl nicht gerechnet? "

Nein, damit hatte Ulla nicht gerechnet, aber sie würde sich nicht von den beiden an die Wand spielen lassen.
KH, der seinen Ärger noch nicht überwunden hatte, kam ihr zuvor.
„Und Sie? Wieso sind Sie hier? "
Seine Empörung ließ ihn drohend auf die beiden zugehen. „Welche Rolle spielen Sie eigentlich? Sie wissen, dass Sie sich möglicherweise strafbar machen? "
„Wieso strafbar? ", empörte sich die Weißhaarige. „Wir haben nichts Unrechtes getan."
„Doch", KH pokerte hoch, „wegen Unterschlagung von Informationen in einer Vermissten-Angelegenheit."
Die beiden älteren Frauen schauten sich fragend an.
„Ja, richtig", Ulla hatte sich gefangen, „meine Mutter ist aus ihrer Bewusstlosigkeit erwacht. Sie hat angedeutet, dass Sie Wesentliches wissen."

Die beiden älteren Frauen tauschten Blicke aus, teils geschmeichelt, teils verunsichert.

Ulla nutzte die Gelegenheit: „Am besten setzen wir uns ein bisschen in den Garten. Es scheint ja niemand zu Hause zu sein."

KH verstand ihren Wink und säuberte die Gartenmöbel auf der Terrasse. Dann zeigte er sein charmantestes Lächeln: „Am besten erzählen Sie uns jetzt alles. Jede Einzelheit."

Dieser Aufforderung kamen die beiden gern und ausführlich nach.

***

„Und was wissen wir nun wirklich?", fragte KH, als er den Mietwagen aus dem Parkplatz steuerte.

„Wirklich wissen wir gar nichts", antwortete Ulla etwas abgelenkt, weil sie gerade die Karte studierte, „denn bei alten Damen weißt du nie, was Realität ist und was nicht."

„Na, das sind ja prima Zukunftsaussichten", strahlte KH sie an. „Wenn du dann erst mal 70 bist, Ulla …" Er hatte seine gute Laune zurückgewonnen.

Sie unterbrach seine Zukunftsfantasien. „Hey, hier direkt hinter Valdemossa geht ein kleiner Weg ab, links, auf deiner Seite, Richtung Sa Raixa. Das muss die Nebenstraße sein, auf der man ETAs Unfallwagen gefunden hat. Bezeichnenderweise heißt die Schlucht, an der sie entlangführt, Con … oder Comchelles … oder Cor … – ich kann die kleine Schrift hier im Knick der Karte nicht gut lesen – also Comchelles oder ähnlich Del Inferno. DEL INFERNO! Das passt doch!"

Aber KH weigerte sich, diese winzige kurvige Nebenstrecke zu fahren und Ulla stimmte ihm zu. „Du hast recht. Stell dir mal vor, die Berliner würden uns wieder verfolgen und versuchen, uns an einer schmalen Stelle von der Straße zu drängen!"

KH warf ihr einen beschwörenden Blick zu. „Hör auf, Ulla. Deine Fantasie geht mit dir durch. Ich hatte heute schon Inferno genug. Schalte lieber deinen Poirot-Verstand ein und beantworte meine Frage."

„Und die lautet?"

„Was wissen wir wirklich?"

„Gute Frage, nächste Frage", antwortete Ulla.

Dann sammelte sie sich. „Mit aller Vorsicht bei alten Frauen – wir wissen oder scheinen zu wissen:

1. Mama, ETA und Gisa sind am vergangenen Sonntag zu einem ‚typisch mallorquinischen Familienfest' in einer Villa in Valdemossa eingeladen worden. Von einem gewissen Miguel Hernandez sowie einem Immobilienmakler und Kunsthändler mit englischem Namen, den sie zufällig in einem in der Nähe liegenden Museum für Skulpturen und alte Kinderporträts getroffen haben. Mama und ETA hatten ihn ursprünglich für den Besitzer des Museums gehalten. Das war aber falsch, er ist nur ein guter Freund des Eigentümers.

Beweis: Mama hat dies am Samstag beim Abendessen unseren beiden alten Damen erzählt.

2. Diese Villa gehört oder gehörte dem Immobilienmakler mit dem englischen Namen. Die Villa stand zum Verkauf. ETA hatte sie sich schon mit Miguel und dem Immobilienmakler besichtigt. Gisa und Mama guckten sich später das Äußere an, weil sie ohne Schlüssel nicht hineingelangen konnten. Denn über die Folklore – ich meine das Familienfest – hinaus hatten sowohl Gisa und als auch ETA handfeste Interessen: Sie wollten die Villa kaufen.

Beweis: Gisa hat dies im Gespräch mit unseren beiden nervigen Alten abends an der Bar angedeutet.

3. Am Sonntag sind Gisa, Mama und ETA mit zwei Autos nach Valdemossa aufgebrochen. ETA wurde chauffiert im weißen Mercedes des gutaussehenden Spaniers namens Miguel. Dicht hinter ihnen fuhren Mama als Beifahrerin und Gisa am Steuer, die so verärgert war, dass sie den blauen Golf abwürgte.

Beweis: Augen der Weißhaarigen und der Kurzhaarigen, die in der Lobby lauerten, beziehungsweise zufällig warteten.

4. Die Autos wurden direkt vor der Villa in Valdemossa geparkt, die wir heute gesehen haben.

Beweis: Siehe oben; denn die beiden Alten haben noch am Samstagabend ein Taxi bestellt, mit dem sie sofort Mama, ETA und Gisa folgten, bewaffnet mit zwei starken Ferngläsern. Denn: „Wir hatten ja noch nichts vor!"

Bei diesem Zitat konnte Ulla einen sarkastischen Klang in ihrer Stimme nicht unterdrücken. Sie räusperte sich und versuchte, nüchtern fortzufahren:

5. „Das Familienfest erwies sich eher als eine ‚Manége de Cinque' oder so ähnlich. ETA und Miguel, Gisa und der Immobilienmakler, beziehungsweise ETA und der Immobilienmakler, Gisa und Miguel oder der Immobilienmakler und Miguel – in diesen Paarungen erschienen sie abwechselnd auf der Terrasse. Von Verwandten war auf diesem Familienfest nichts zu sehen – weder auf der Terrasse noch im Garten noch als Schatten hinter den Vorhängen.
6. Mama tauchte auf der Terrasse darüber hinaus in Begleitung anderer auf: mal mit ETA, mal mit Gisa, mal mit dem Makler, mal mit Miguel, mal mit allen, mal zu dritt. Sie wirkte auf die zwei Alten beruhigend."

Ulla verdrehte die Augen. „Sie kennen doch die ausgleichende Art Ihrer Frau Mutter", zitierte sie die Weißhaarige.

7. „Im Gegensatz zum Hotel konnte sich ETA ohne Rollstuhl bewegen. Sie lustwandelte ohne Probleme im Garten mit dem Immobilienmakler beziehungsweise mit dem gutaussehenden Miguel. Letzterer küsste ETA auf den Mund, während der Immobilienhändler vertraulich den Arm um ihre Schulter legte und ihre Hand küsste.
8. Es floss viel Sekt und womöglich auch Höherprozentiges. Zitat: ‚Manchmal nahm Ms Gordon auch einen Schluck aus einem kleinen Gegenstand, der wie … äh – ordinär gesagt – äh … ein Flachmann aussah.' Zitat Ende."

Ulla ahmte originalgetreu die Stimme der Weißhaarigen nach und KH warf ihr einen anerkennenden Blick zu.

9. „Im Haus erklang Walzer-Musik. Offenbar – aus den Schatten zu schließen – wurde getanzt.
10. Später am Abend gab es einen Streit zwischen dem Immobilienhändler und dem schönen Miguel.
11. Auch Ms Gordon und Frau Schmitz hatten eine Auseinandersetzung auf der Terrasse.
12. Um elf Uhr wurde die Terrassentür endgültig geschlossen und die Lichter im Erdgeschoss wurden gelöscht. Im Obergeschoss gab es Licht in fünf Räumen, die nach und nach dunkel wurden. Es bewegten sich Schatten. Manchmal sah es im Schattenspiel aus, als ob in einem der erleuchteten Räume zwei Personen – männlich und weiblich – sich näher kämen. ‚Nur Ihre Frau Mutter – deutlich erkennbar an der markanten Nase – blieb allein.'"

Ulla verdrehte ihre Augen und KH klopfte ihr beruhigend aufs Knie: „Gut für Mama!"

Sachlich fuhr Ulla fort:

13. „Beweis für die Punkte fünf bis elf: Augenzeugenbericht der Weißhaarigen und der Kurzhaarigen, die sich mit ihren starken Nachtgläsern auf die Lauer gelegt hatten.
Möglicher Zusatzbeweis: Taxifahrer, der etwas entfernt auf einem Hotelparkplatz wartete und ab und zu ungeduldig vorbeikam."

KH warf ihr eine Kusshand zu: „Sehr gute Zusammenfassung, Sherlock Holmes. Und die Schlussfolgerung?"
„Keine." Ulla klang sehr bestimmt.
„Altweiber-Fantasien. – Oder kannst du dir vorstellen, Kallilein, dass sich 40- bis 50-jährige Männer – also gut zwanzig Jahre jünger als du – mit Frauen einlassen, die über 80 sind, auch wenn

sie ihr Alter falsch angeben? Allerdings", fügte sie ehrlichkeitshalber hinzu", Gisa ist ja wahrscheinlich auch nicht viel älter als ich, also so um die 65 herum."

Sie hatte ein klares Nein von KH erwartet, aber er schwieg, tief in Gedanken versunken.

Als er auch nach einiger Zeit nicht reagierte, versuchte sie es noch einmal: „Im Ernst, KH. Kannst du dir das vorstellen?"

Er warf ihr einen seltsamen Blick zu und räusperte sich.

„Ja, Ulla. Ja, ich kann es mir vorstellen. Ich glaube, dass Männer, die verzweifelt Geld brauchen, auch Frauen aus der Generation ihrer Mütter den Hof machen."

★★★

Da es bereits Nachmittag war, beschlossen sie, den üblichen Abendbesuch bei Mama vorzuziehen, um sich den doppelten Weg zu sparen.

Mama war nicht in ihrem Zimmer.

Die Mitpatientin erkannte sie und sagte: „*Su madre. Fuera. Officina Enfermera. Con Policia.*"

Als Ulla und KH sie verständnislos anschauten, deutete sie mit dem Daumen nach links: „Nurses' Room. Police."

KH bemerkte Ullas Unruhe und nahm ihre Hand.

Ohne anzuklopfen, öffnete Ulla das Schwesternzimmer. Dort sah sie ihre Mutter auf einem Stuhl sitzen, umringt von zwei Polizisten. Neben ihr stand die Ärztin, die Ulla in der ersten Nacht Auskunft erteilt hatte. Sie fühlte Mamas Puls und übersetzte offenbar gleichzeitig.

Ulla wollte empört nach vorn stürzen, als KH sie zurückhielt.

„Mama macht das schon", sagte er, „auf ihre Art. Schau hin."

Mama wirkte gefasst und völlig konzentriert. Sie hatte ihre Lippen zusammengekniffen und schien nur bereit, auf angenehme Fragen zu antworten.

Die Ärztin sagte gerade: „Frau Wokkel, die Polizisten fassen zusammen und bitten Sie um eine Bestätigung. Sie kennen Frau Gordon und Frau Schmitz."

Mama nickte.

„Sie kennen auch Miguel Hernandez und John Mudgham, einen britischen Immobilienhändler, der seit Jahrzehnten hier auf Mallorca lebt."

Als ihre Mutter wiederum nickte, sog Ulla hörbar den Atem ein. Dann fasste sie sich, atmete bewusst aus, stellte sich neben ihre Mutter und ergriff deren Hand.

KH trat hinter sie beide und legte seine Arme beschützend auf Mamas linke und Ullas rechte Schulter.

Die Ärztin erklärte auf Spanisch, dass sie Tochter und Schwiegersohn seien. Mama drückte Ullas Hand und schaute KH dankbar an.

„Sie wussten nicht, dass Herr Mudgham seit Montag vermisst wird."

Mama nickte.

„Sie erinnern sich nicht an Ihren Unfall."

Mama bestätigte dies wiederum durch ein Kopfnicken.

„Gut, dann möchten die Polizisten fortfahren."

Es folgte ein längerer Austausch auf Spanisch zwischen der Ärztin und den Polizisten.

„Frau Schmitz wird seit Montag vermisst. Wissen Sie das?"

Nach einem kurzen Blick auf Ulla, nickte Mama.

„How? Wieso, woher?", der ältere der beiden Polizisten schien verblüfft und fragte auf Deutsch und Englisch nach.

KH schaltete sich ein. „Wir haben meine Schwiegermutter informiert."

Der junge Polizist blickte KH seltsam an: „Woher wissen Sie, dass Frau Schmitz vermisst wird?" Offenbar sprach er Deutsch.

Wahrheitsgetreu antwortete KH: „Von meiner Schwester. Frau Schmitz ist eine Freundin meiner Schwester."

Die Polizisten warfen sich bedeutungsvolle Blicke zu und die Ärztin übersetzte schnell.

„Seit wann befinden Sie sich auf Mallorca?"

Noch waren Ulla und KH völlig arglos und antworteten wahrheitsgetreu.

„Your IDs, please", wandte sich der ältere der beiden Polizisten an Ulla und KH.

Glücklicherweise hatten sie ihre deutschen Personalausweise in ihren Brieftaschen und konnten sie sofort zeigen.

Es folgte eine weitere Verständigung auf Spanisch; die Ärztin schien aufbrausen zu wollen.

Sie besann sich aber.

Nach einem kurzen Blick auf die beiden Polizisten, die gerade Ullas und KHs Papiere studierten und sich Notizen machten, wandte sich die Ärztin in demselben neutralen, berichtenden Übersetzer-Tonfall wie anfangs an Ullas Mutter – offensichtlich wollte sie keinen Verdacht erregen.

„Frau Wokkel, ich kann dieses Verhör jederzeit aus medizinischen Gründen abbrechen. Sie müssen mir nur ein Zeichen geben. Sollen wir jetzt aufhören?"

Mama schüttelte den Kopf und die Ärztin fragte im Auftrag der Polizisten weiter.

„Haben Sie eine Ahnung, wo sich Frau Schmitz aufhalten könnte?"

Nun schüttelten Ulla und KH verneinend ihre Köpfe, während ihre Mutter die Augen schloss.

„Angeblich hat Frau Gordon Mallorca am Dienstag verlassen. Wissen Sie das?"

Die Frage war klar an Mama gerichtet, die verneinte. „Frau Gordon ist auch in Deutschland derzeit nicht auffindbar. Haben Sie eine Idee, wo sie sein könnte?"

Erneutes Kopfschütteln von Mama.

Ulla konnte sich nicht mehr zurückhalten: „Wieso angeblich? Frau Gordon ist in Begleitung ihrer Tochter Jenny am Dienstag nach Bonn geflogen. Das können ihre beiden Söhne und ihre Tochter bezeugen!"

Die Polizisten stutzten kurz und gingen zur Seite, um sich zu beratschlagen. Ulla und KH tätschelten Mama abwechselnd und die Ärztin bestätigte, dass der Puls in Ordnung sei.

Als die beiden Polizisten zurückkamen, öffneten sie eine Tasche. Sie kramten elegante Frauenkleider, eine blonde Perücke und mehrere, offenbar geleerte, Carlos-Flaschen hervor. Mamas Atem ging schneller.

„Kennen Sie diese Gegenstände, Frau Wokkel?", übersetzte die Ärztin erneut.

Mama schwieg.

„Sie müssten sie kennen, meint die Polizei."

Mama kniff die Lippen fester zusammen und schaute auf ihre Beine.

„Die Söhne haben die Kleidung und die Perücke identifiziert. Sie gehören Frau Gordon."

Mama schloss die Augen.

„Wenn alles bereits identifiziert ist, braucht die Polizei meine Mutter nicht zu belästigen", empörte sich Ulla.

KH stand ihr bei: „Schließlich ist sie schwer verletzt und darf vermutlich gar nicht polizeilich befragt werden. Wir könnten Anzeige gegen Sie erstatten." Er wandte sich aggressiv an die beiden Polizisten.

Die Ärztin hob beschwichtigend die Hand.

Es erfolgte ein längerer Austausch auf Spanisch.

Dann wandte sich die Ärztin an Ulla und KH: „Die Polizei ist der Meinung, dass diese Kleidung und die Perücke, die aus dem Meer bei Alcudia gefischt wurden, vielleicht nicht die einzigen dieser Art von Frau Gordon sind. Und möglicherweise hat sich jemand in dieser Kleidung als Frau Gordon ausgegeben. Vielleicht die Tochter. – Ja, ja, ich kenne Ihren Einwand", kam sie KH zuvor. „Natürlich hätte dies bei der Ausreise bemerkt werden müssen. Aber unsere Kontrollen sind locker bei EU-Bürgern. – Wenn diese Theorie stimmt, dann wäre Frau Gordon vielleicht noch hier. Vielleicht weiß Ihre Mutter, wo. – Das denkt jedenfalls die Polizei." Die Ärztin bemühte sich sehr um Distanz zur Polizei. Dann fasste sie einen Entschluss.

„Frau Wokkel", sie ergriff Mamas Hand und stellte sicher, dass sie sich gegenseitig anschauten. „Wenn Sie es wollen, lasse ich noch zwei Fragen zu. Danach erkläre ich Sie für vernehmungs-

unfähig. Aber nur wenn es Ihnen wirklich recht ist. Bitte geben Sie mir ein klares Zeichen!"
Mama öffnete ihren Mund und flüsterte ein deutliches „Ja".

Als die Ärztin ihm zunickte, holte der junge Polizist einen sehr klein zusammengefalteten Notizzettel aus einer Folie hervor, öffnete ihn vorsichtig und hielt ihn Mama unter die Augen.
„Kennen Sie den Zettel", fragte auftragsgemäß die Ärztin, „und kennen Sie die Schrift?"
Mama schloss erneut Augen und Lippen.
Ullas schneller Blick meinte die Handschrift ihrer Mutter zu erkennen. Auf dem Zettel stand nur ein Wort.
„Where did you get it from?", fragte Ulla den jungen Polizisten möglichst neutral.
Der zeigte auf die Cognacflasche: „*Botella* – in the bottle."

Der ältere Uniformierte verlor nun die Geduld. Er schnauzte seinen jungen Kollegen an und stellte drohend eine Frage, die die Ärztin in verärgertem Ton wiedergab: „Frau Wokkel, wo ist Ihr Führerschein?"
Mamas Hand krampfte sich in Ullas Hand zusammen.
„Was soll das?", fragte Ulla empört. „Meine Mutter hat keinen Führerschein. Und das spielt hier auch keine Rolle." Sicherheitshalber wandte sie sich an die beiden Uniformierten: „No driving-license. And it's of no importance."

„Si, si, si!" Diese Worte klangen wie ein trotziges „Doch". Die zwei Polizisten reagierten mit einem energischen Kopfnicken und einem langen Redeschwall.
Die Ärztin versuchte, sachlich zu erklären, sich um Ruhe bemühend:
„Frau Wokkel, die Polizei verdächtigt Sie. Leider."
Ulla wollte auffahren, aber KH zwang sie mit einem sanften Druck seines Armes zur Ruhe. *Lass uns erst einmal alles hören*, schien sein beschwörender Blick zu sagen.

„Es besteht der Verdacht, dass Sie den blauen Golf gefahren und den Unfall herbeigeführt hätten. Dabei sei Frau Schmitz tödlich verletzt worden. Die Leiche hätten Sie mit Ms Gordon zusammen verschwinden lassen."

„Das ist doch absurd!" Ulla schrie jetzt.

„Meine Mutter ist das Unfallopfer – niemand anders! Sie ist bewusstlos hier eingeliefert worden. Sie war gar nicht in der Lage, eine Leiche zu entsorgen!"

Ulla schüttelte die Ärztin: „Warum sagen Sie das den Polizisten nicht?"

Mama seufzte tief und sackte auf dem Stuhl zusammen.

KH konnte sie gerade noch stützen. Eiligst schickte die Ärztin die beiden Polizisten hinaus und gab Mama eine Spritze.

„Intensivstation?", fragend schaute sie Ulla und KH an. „Dann gibt es keine weiteren Befragungen mehr."

Ulla nickte. „Das ist wohl besser. Bis wir mehr wissen." KH stimmte zu.

Sie begleiteten die Trage bis vor die Intensivstation und küssten Mamas kühles, blasses Gesicht. Ulla musste gegen Tränen ankämpfen. Die Ärztin gab ihr die direkte Durchwahlnummer zur Intensivstation und auch ihre private Nummer.

In einer Biegung des Flures warteten die beiden Polizisten auf sie und gaben ihnen ihre Ausweise zurück.

„Where are you staying? Hotel in Alcudia?"

Ulla nickte und gab ihnen ihre Zimmernummer im Bon Aire.

„Perhaps we have more questions. Please stay in the hotel tomorrow morning at 9 o'clock", sagte der ältere Polizist.

KH nickte und zog Ulla fort.

★★★

Sie fuhren schweigend.

Nach einer Weile fragte KH eher beiläufig: „Und, war es Mamas Handschrift?"

Ulla schluckte und überlegte einen Moment: „Vielleicht. Vielleicht auch nicht."

Als sie hörte, wie sich KH durch langsames, betontes Ausatmen zur Ruhe zwang, schob sie eine Erklärung nach: „Auf jeden Fall war es eine Form von Schreibschrift, die wir beide nicht mehr gelernt haben. Aber ETA ist ja auch wie Mama in den 30er Jahren zur Schule gegangen. Oder", sie zögerte, „oder es war eine gute Fälschung von Mamas Schrift."

Nach weiteren Kilometern stellte KH die Frage, die sie fürchtete. „Und was stand auf dem Zettel?"
Da Ulla nicht antwortete, nahm er ihre Hand.
„Hör zu, Liebes, es hat keinen Zweck, etwa zu verdrängen. Wir müssen uns der Wahrheit stellen."
Ulla räusperte sich. Er hatte recht.
Aber als sie zum Sprechen ansetzte, versagte ihre Stimme.
KH drückte aufmunternd ihre Hand. „Also, Liebes, nochmal: Was stand auf dem Zettel?"
Sie atmete tief durch und legte seine Hand vorsichtig auf das Lenkrad zurück. „Zur Sicherheit", erklärte sie.
Dann räusperte sie sich erneut.
„Mord!", ihre Stimme klang unnatürlich. „Auf dem Zettel stand nur ein einziges Wort – MORD!"

11

Trostlos

Keiner von ihnen hatte ein Auge für die blühende Landschaft. Ulla starrte blind geradeaus und KH kontrollierte immer wieder seinen Rückspiegel. Er mied die kleinen malerischen Nebenstrecken, um so schnell wie möglich die MA-13 zu erreichen. Irgendwann wachte Ulla aus ihrem Grübeln auf. „Werden wir verfolgt?", fragte sie, als sie KHs Blick in den Rückspiegel wahrnahm. Er schüttelte den Kopf. Sie wirkte erleichtert. „Wenigstens eine gute Nachricht!" Dann fasste sie einen Entschluss. „Kalli, ehrlich gesagt, mir ist jetzt gar nicht nach Hotel und alten Frauen und aggressiven Berlinern zumute. Wollen wir nicht noch irgendwo an die Küste fahren?" Sofort stimmte KH zu, da ihr Wunsch genau seine Gemütslage traf. Er bog von der Autobahn auf eine kleine Nebenstraße in Richtung Port de Pollenca ab.

Zwischen Mauern, Feldern, Ställen, Olivenhainen und Palmen strömte der typische Mallorca-Geruch in den Wagen – würzig und einzigartig. Sogar Ulla fühlte sich aufgeheitert: „Der bekannte Malle-Duft! – Ich glaub', danach könnte ich süchtig werden!" In der langgestreckten Bucht von Pollenca wehte der Wind wie immer heftiger. Das blaue Meer zeigte weiße Schaumkronen. An einigen Stellen hatten sich Kite-Surfer versammelt. Ihre bunten Drachen auf den blau-weißen Wellen vor den bizarren Felsformationen des Cap Formentors ließen die beiden für einen Augenblick ihre Sorgen vergessen.

Dann bog KH in Richtung Pollenca ab und folgte nach wenigen Kilometern der kleinen Straße nach Cala Sant Vicenc.

„Dieser Ort spiegelt die Trostlosigkeit meiner Seele wider", bemerkte Ulla eine halbe Stunde später.

KH drückte sie fest an sich.

Auch er empfand den Gegensatz stark.

Vor ihnen eine kleine Bucht mit weißem Strand, die von schroffen grauen Felsen begrenzt wurde, an denen sich die türkisfarbenen Wellen in hohen Gischt-Bergen brachen. Der wolkenlosblaue Himmel zauberte mit der strahlenden Sonne gemeinsam Glanz und Wärme in dieses Landschaftsbild.

Hinter ihnen ein ödes, mit Brettern gegen die Winterstürme vernageltes Hotel – eine fantasielose, einförmige Bettenburg, triste Architektur, menschenleer, durch Müll und Schmutz verwahrlost. Durch offenstehende Tore gelangten sie über verfallende Treppen und enge, nach Urin stinkende Gänge in ein anderes Hotel, auch von einfachster Billig-Architektur, verlassen und schmutzig.

Von dort kamen sie über eine Straße und eine weitere Treppe in die nächste kleine Bucht, ebenfalls wild-romantisch, ebenfalls grauenvoll verbaut.

Plötzlich folgte ihnen auf der Straße zur Bucht langsam ein Polizeifahrzeug.

Ulla hakte sich bei KH ein. Sie versuchten, möglichst natürlich wie sorgenfreie Spaziergänger zu wirken.

Das Polizeiauto wendete und fuhr zurück. Obwohl es ihnen nicht wieder begegnete, beschlossen sie, sofort diesen ungastlichen Ort zu verlassen.

In Alcudia tranken sie einen Espresso in einem kleinen Lokal draußen an der Straße mit Blick auf die wuchtige Stadtmauer.

Ulla grübelte.

Um sie abzulenken, deutete KH auf die alte massive Kirche, aufgelockert durch ein kleines aufgesetztes Türmchen, eingerahmt von Oleanderbüschen und Palmen.

„Ein schönes Fotomotiv mit den Pinien und Zypressen im Vordergrund entlang der Stadtmauer", schlug er vor. Als Ulla nur geistesabwesend nickte, studierte er die Karte. Er wusste, dass er sie in Ruhe lassen musste. Sie würde erst dann wieder reden, wenn sie soweit war.

Um die Ankunft im Hotel weiter hinauszuzögern, bog er in Alcudia ab, Richtung Ermita de la Victoria. Das Klingeln ihres Handys riss Ulla aus ihren düsteren Gedanken. Es war die Ärztin, die ihr mitteilte, ihre Mutter sei aus der Ohnmacht aufgewacht. „Offensichtlich war dies ein heilsamer Schock, denn jetzt redet sie sogar mehr als vorher. Aber bitte, sprechen Sie sie nicht auf den Unfall an. Dies ist ein Trauma, verstehen Sie. Und wenn sie zu früh an die Verarbeitung gehen muss, könnte es zu einem Rückfall ins Schweigen kommen."
Nachdem Ulla ihr zugesagt hatte, das heikle Thema zu meiden, hörte sie Mamas Stimme, die ein wenig krächzte, so wie bei manchen vergangenen Sonntagabend-Telefonaten, wenn Mama behauptete, den ganzen Tag noch kein Wort geredet zu haben.

„Hallo Kind", krächzte Mama, „mach dir keine Sorgen, mir geht's wieder gut."

Vor Rührung schossen Ulla die Tränen in die Augen. KH schaute sie besorgt an. „Alles gut", flüsterte sie.
„Was sagst du, ich höre nicht so gut hier", hakte Mama nach.
„Mama, wir freuen uns, dass es dir besser geht. Pass nun aber gut auf dich auf", mahnte Ulla vorsichtshalber.
„Ja, ja, ich bleib noch ein bisschen auf der Intensivstation. Die Schwestern sind sehr aufmerksam und ich … ich …" Ihre Stimme verdüsterte sich. „Ich fühle mich hier sicherer."
Im Hintergrund hörte Ulla die Ärztin, die offenbar sagte, Mama solle sich nicht aufregen und am besten Schluss machen.

„Wir drücken die Daumen, dass du schnell ganz gesund wirst", sagte Ulla betont heiter. „KH und ich grüßen und küssen dich ganz herzlich. Morgen früh sind wir wieder bei dir."

Ulla schüttelte den Kopf auf KHs Fragen und starrte weiter vor sich hin.

Auf einem Parkplatz an einer kleinen Nebenstraße hielt KH an. Er öffnete Ullas Tür und schlug vor, einen kleinen Spaziergang zu machen.

Wie aus einem Alptraum erwachend stieg Ulla aus und schüttelte sich.

Dann erkannte sie die Landschaft.

„Mal Pas und dahinter Port Pollenca. Wie immer wunderschön – die schroffen Tramuntana-Berge, davor die sanftere, grüne Hügelkette und dann dieser alleinstehende kleine Zuckerhut. Davor das blaue Meer und hier auf unserer Seite am Hang die weißen Häuser."

KH nahm sie in den Arm: „Weißt du noch, wie du dir im letzten Urlaub hier eine Villa kaufen wolltest, wenn du im Lotto gewinnst?"

Die Erinnerung brachte sie zum Lächeln.

Sie verstand, dass er sie mit diesem Ausflug aufheitern wollte.

„Du bist lieb, Kalli", sie küsste ihn.

Dann nahm sie seine Hand und sie begannen, langsam den Weg zur Ermita de la Victoria hinaufzusteigen.

Wie KH erhofft hatte, fing sie nach einer Zeit an zu sprechen.

„Dass Mama den Unfall selbst gebaut hat, glaube ich auf keinen Fall. Da widerspreche ich der Polizei entschieden. Sie kennt ihre Grenzen. Sie würde sich nie an ein Steuer setzen. Es sei denn …"

Als sie verstummte, drückte KH ermutigend ihre Hand.

„Es sei denn, sie konnte nicht anders", fuhr sie nachdenklich fort.

KHs fragender Blick veranlasste sie zu einer Erklärung.

„Ich meine, vielleicht war niemand anderes mehr da, der fahren konnte. Zum Beispiel war Gisa vielleicht bewusstlos und die bei-

den Männer waren verschwunden … oder verletzt … oder …"
Sie schluckte und setzte erneut an.
„ETA hatte vielleicht getrunken oder Tabletten geschluckt oder beides. Vielleicht hatte sie aus Versehen Gisa oder einen der Männer angefahren und war dann völlig ausgerastet. Vielleicht stand der Wagen an einem Abgrund."

Ulla verstummte erneut. KH hütete sich, ihren schweigenden Gedankengang zu stören.
„Vielleicht hat dann einer der Verletzten Mama Anweisungen gegeben, wie sie das Auto aus der Gefahrenzone fährt. Und dabei könnte sie einen Fehler gemacht und einen Felsen gestreift haben. Sie könnte die Schäden verursacht haben, die ich am blauen Golf gesehen habe."
Sie schaute KH fragend an.
„Ja", stimmte er zu, „das wäre eine Möglichkeit. Aber das erklärt natürlich nicht Mamas eigene Verletzungen."
„Okay", Ulla dachte über seinen Einwand nach. „Aber ETA könnte statt Gisa oder einen der beiden Männer auch Mama aus Versehen in ihrem benebelten Zustand angefahren haben, zum Beispiel, als Mama Pipi machen musste. Das würde wenigstens ein bisschen zur Erklärung von Manuel passen. – Der ja auch nicht dabei war", fügte sie vielsagend hinzu.

KH ließ sich ihre Vermutungen durch den Kopf gehen. „Das heißt, Mama geht austreten, wird angefahren und schwer verletzt und ist dann noch in der Lage, als Nicht-Autofahrerin einen Wagen von einem Abgrund wegzusteuern und baut dabei einen Unfall?"
„Wenig wahrscheinlich", gab Ulla zu. „Es sei denn, sie war nur leicht verletzt oder sie stand so unter Schock, dass sie anfangs die schweren Verletzungen nicht spürte. – Aber ehrlich, ich glaube nicht, dass sie den Wagen auch nur einen Meter gesteuert hat."
„Okay", KHs Stimme verlangsamte sich, als er seine Schlussfolgerung formulierte. „Also, ETA fährt in ihrem fahruntüchtigen Zustand Mama an, ist dann außer sich und ruft telefonisch ihre

Kinder zu Hilfe. Die bringen deine Mutter ins Krankenhaus und geben die Verletzungen als Sturz aus. Damit es nicht klar wird, dass ihre Mutter einen schweren Unfall unter Alkohol- oder Tabletteneinfluss begangen hat, beseitigen sie die Spuren am Auto und bringen ihre Mutter nach Deutschland in eine psychiatrische Klinik – wo sie gegebenenfalls auch einen Entzug machen kann. Das erscheint doch sehr logisch."

Aber Ulla war noch nicht vollständig überzeugt. „Soweit klingt das stimmig, ja. Aber warum verschwindet ETA dann aus der Klinik?"
„Vielleicht weil sie die Notwendigkeit nicht einsieht oder sich nicht ihren Kindern unterordnen will."
„Und wohin sollte sie gehen? Wer hat ihr beim Verschwinden geholfen?", dachte Ulla weiter laut nach.
Sie rief sich alle Aussagen, die sie gehört hatte, ins Gedächtnis.
„Was ist mit diesem Miguel?", wandte sie sich unvermittelt an KH.
Der zeigte sich erstaunt: „Warum Miguel? Die Polizei sagt doch, dass der Immobilienhändler verschwunden ist. Als Brite kann er ohne Probleme nach Deutschland hinter ETA hergereist sein."
Ulla schüttelte den Kopf. „Nein, auf keinen Fall! Wenn einer der beiden Männer ETA in Deutschland verschwinden ließ oder ihr beim Verschwinden geholfen hat, dann kann es nur Miguel sein."
Ihre Bestimmtheit verblüffte KH: „Was macht dich da so sicher?"
Ulla seufzte tief.
Sie war sich sicher, ja, ihr innerstes Gefühl sagte es ihr – aber warum?
Tief konzentriert versuchte sie, sich die Ereignisse nach ihrer Ankunft auf Mallorca ins Gedächtnis zu rufen. Dort musste irgendwo der Schlüssel für ihre Gewissheit liegen, in irgendeiner Nebenbemerkung …

„Hey", sie fasste KH plötzlich am Arm, „jetzt hab' ich's! Erstens hat die Polizei in der Gegend von John's Place ein Fahrrad gefunden. *Das Fahrrad des Verschwundenen*, hat der Taxifahrer gesagt! Und zweitens hat Mama, als sie aus dem Koma erwachte, als erstes Wort seinen Namen gesagt."

„Seinen Namen?" Aus KHs Stimme war Irritation zu hören. „Davon hast du mir nie etwas gesagt."

„Nein", räumte Ulla ein, „ich verstehe es auch jetzt erst. *Hon,* hat Mama etwas verwaschen gesagt. Ich dachte, sie brabbelt etwas in ihrem Edertal-Dialekt. Aber nun …"

Ulla blieb aufgeregt stehen.

„Nun, Kalli, nun macht es Sinn. Sie meinte ‚John' – und wir sollten ihn finden. – Ich war irregeleitet. Ich dachte, der Verschwundene, von dem Manuel und Elmar sprachen, sei der verschwundene Fahrradfahrer aus dem Hotel. Aber wir haben ja eigentlich zwei Verschwundene – den Immobilienmakler John Mudgham und den englischen Sportler."

„Drei", warf KH trocken ein, „mindestens drei. Vergiss Gisa nicht. Und vielleicht auch vier: Über Miguel Hernandez' Verbleib wissen wir gar nichts."

Da sie inzwischen auf dem Parkplatz der Ermita angekommen waren, senkten sie ihre Stimmen. Man konnte nie wissen!

Heimlich suchte jeder für sich nach einem gelben Citroën und sie mussten beide lächeln, als sie im selben Moment erleichtert ausatmeten und erkannten, dass sie das gleiche gedacht hatten.

KH küsste Ulla fest auf den Mund.

„Reine Tarnung", schmunzelte er dann, „damit wir als echte Touristen durchgehen, falls wir beobachtet werden."

Dennoch war ihnen nicht danach, die Ermita zu erkunden, die durch ihre dicken Mauern und kleinen Fenster mehr an eine Festung als an eine Kirche erinnerte.

Aber trotz ihrer inneren Unruhe konnten sie sich nicht dem Zauber der Landschaft entziehen – dem atemberaubenden Panorama der kleinen grünen Halbinsel im türkisblauen Meer mit dem bizarren Kap Formentor als Hintergrund.

Als sie sich beim Abstieg unbeobachtet fühlten, nahm KH das Gespräch wieder auf.

„Ulla, wie kommst du darauf, dass bei dem Unfall mehr Personen als ETA und deine Mutter beteiligt waren?"

Ulla war erstaunt, dass sich ihm das Offensichtliche nicht erschloss.

„Wieso? Weil Mama es gesagt hat! – Na ja, gesagt nicht direkt", räumte sie ein, als sie seinen erstaunten Blick sah, „aber es ist doch klar."

„Klar?" Auf KHs Stirn zeigten sich Falten.

Sie streichelte beruhigend seinen Arm.

„Du hast doch selbst gehört, dass sie uns aufforderte, die Leiche zu finden. – Nicht? – Na also", fuhr sie fort, als KH nickte, „wir sollten die Leiche finden. Sie hat nicht von einem Verletzten gesprochen oder von einer Verwundeten, sondern von einer Leiche. Woher wusste sie von einer Leiche? Entweder hat sie diese mit eigenen Augen gesehen oder …"

„Oder?", echote KH, als ihm die Pause zu lang dauerte.

„Oder sie hat sogar noch im Koma in ihrem Unterbewusstsein registriert, dass andere von einer Leiche gesprochen haben."

„Du meinst – Manuel und ETA?" KH war von Ullas Gedankengang überrascht.

„Vielleicht. Vielleicht auch Gisa und ETA oder Gisa und Miguel oder Miguel und ETA."

KH blieb abrupt stehen. „Hör zu, Ulla, jetzt geht deine Fantasie wirklich mit dir durch. Warum sollten sie das tun?"

„Weil es eine Leiche gab, KH!"

Ulla redete langsam, so als sei er zu schwerfällig, um das Selbstverständliche zu verstehen.

„Mama erfindet keine Leichen. Warum sollte sie? – Also hat sie entweder eine gesehen oder andere darüber sprechen hören. Diese Leiche war verschwunden, als die Geschwister an der Unfallstelle ankamen. Also muss es noch mindestens eine, wenn nicht zwei weitere Personen gegeben haben, die diese Leiche verschwinden ließen."

KH wollte sich nicht so schnell geschlagen geben: „Oder Jenny und Manuel haben die Leiche zusammen mit ETA beseitigt, als Elmar deine Mutter ins Krankenhaus fuhr."

Nach kurzem Überlegen nickte Ulla.

„Ja, das ist auch möglich. Das erklärt noch viel klarer ihr seltsames Verhalten und ETAs Verschwinden."

„Dann aber", führte KH diesen Gedanken konsequent zu Ende, „dann waren aber nur drei Personen an der Unfallstelle anwesend: Mama, ETA und die Leiche.

Fragt sich nur, wer sie ist – Gisa oder der Immobilienhändler oder doch vielleicht dieser Miguel?"

„Oder der englische Fahrradfahrer? Der Ordnung halber sollten wir ihn nicht vergessen", machte Ulla klar.

Als sie den Parkplatz erreichten, formulierte KH zögernd einen Gedanken, der ihm schon seit einiger Zeit durch den Kopf ging.

„Ulla, glaubst du nicht, dass wir all dies der Polizei mitteilen sollten? Wir allein schaffen das nicht."

Ulla nickte. „Ja. – Zumal Mama sich nicht sicher fühlt. Entweder hat sie Angst vor der Polizei oder Angst vor …"

Sie stiegen ein.

„Wovor?", fragte KH, als er den Schlüssel ins Zündschloss steckte.

„Vor … vor dem Mörder", flüsterte Ulla und schaute heimlich zurück über ihre Schulter.

KH zog den Schlüssel wieder ab.

„Ulla", er klang besorgt und eindringlich, „Ulla, wer sollte Mama etwas tun wollen? Sie ist liebenswert, sympathisch, ist nicht vermögend, tut niemandem etwas zuleide – also: überhaupt kein Motiv!"

Ulla schwieg.

Dann aber formulierte sie flüsternd den Gedanken, der sie belastete.

„Vielleicht, Kalli, vielleicht war die Leiche gar kein Unfall. Und vielleicht hat Mama ja zufällig gesehen, zum Beispiel als sie Pipi machte, wer … wer für die Leiche verantwort …", sie schluckte und entschloss sich, Klartext zu reden. „Vielleicht hat Mama gesehen, wer der Mörder ist."

Als KH die Ungeheuerlichkeit dieser Vermutung dämmerte, nahm er Ullas Gesicht in seine beiden Hände.

„Und du hast Angst, dass Mamas Verletzungen gar nicht auf einem Unfall beruhen, sondern dass jemand sie bewusst ... sie bewusst aus dem Weg schaffen wollte?"

Er küsste Ullas ängstliche Augen.
„Liebes", sagte er, „wir schalten jetzt sofort die Polizei ein und bitten um Personenschutz für Mama."

Sie konnten nicht wissen, dass die Polizei längst eine andere Spur verfolgte.

***

Auf dem Hotelparkplatz sahen sie keinen gelben Citroën.
Erleichtert traten sie in die Lobby ein. Doch sofort nahm Ulla eine Änderung in der Atmosphäre wahr. Die lockere, heitere Urlaubsstimmung war einer Anspannung gewichen.
An der Rezeption stand der Hotelmanager persönlich.
Er winkte sie zu sich heran und wies dezent mahnend in Richtung Sitzecke.
Als erstes nahm Ulla dort einen weißen Knoten und einen braungefärbten Kurzhaarschnitt wahr. Die dazugehörigen Gesichter wurden hinter eifrig studierten Ausflugsprogrammen versteckt.

Ulla seufzte, aber KH hatte schon die beiden Polizisten in Zivil erkannt und wollte eilig auf sie zugehen, als der Manager ihn zurückhielt.
„Bitte, bitte – Ruhe. Kein Skandal."
Die beiden Polizisten kamen auf sie zu.

„Meine Schwiegermutter ist in Gefahr", erklärte KH eindringlich. „My mother in law is in danger. Please, order protection."
Die beiden sahen ihn seltsam an.
„No evasions!" Ihre Aufforderung an KH klang fast militärisch.
Auf KHs fragenden Blick übersetzte Ulla: „Kein Ausweichen, keine Ausflüchte."

„But", wandte sie sich verständnislos an die beiden Ordnungs-
hüter, „but my mum is in danger. We think there was no accident. It could have been an attempt to murder her."
Die Polizisten sahen sich verblüfft an.

Gleichzeitig verließen zwei ältere Damen unschuldig ihre Lese-
ecke und rückten entschlossen näher.
Der ältere Polizist schüttelte den Kopf.
Dies veranlasste den jüngeren zur Wiederholung seiner Aussage:
„No evasions. You are suspected of hiding evidence and embez-
zling evidence. Come with us!"
Als es KH und Ulla die Sprache verschlug, übersetzte der Manager flüsternd mit vorsichtigem Blick auf die sich nähernden
älteren Frauen: „Sie stehen unter Verdacht, Beweismaterial zu
verstecken oder zu beseitigen."
„Lächerlich!" KH hatte sich gefangen, und sein lauter Ausruf
erlaubte es den beiden Alten, stehen zu bleiben und ganz offen
zuzuhören.
„Wer erzählt denn so etwas? Meine Schwiegermutter ist in Lebensgefahr und sie beschuldigen uns? Tun Sie gefälligst ihre po-
lizeilichen Pflichten und ermitteln Sie gegen die Richtigen!"
„Please, my mother is in danger. Please, do your duty ...", Ullas
Übersetzung wurde unterbrochen.
„We are doing our duty", erklärte der ältere Polizist würdevoll.
„There is a legal report against you."
„A legal report? Eine Anzeige gegen uns!" Ulla konnte es nicht
fassen.
„By whom?" Sie wollte sich nicht einschüchtern lassen. „Von
wem? Wer hat diese falschen Anschuldigungen gemacht? Who
made these false accusations? Who reported us to the police?"

Die beiden Alten waren sich der Dramatik der Situation bewusst
und machten keine Bewegung, um nicht aufzufallen.
Die Polizisten tauschten Blicke aus. Der ältere nickte.
„Okay, it's your right to know."

KH zuckte bestätigend mit den Schultern: „Ja, natürlich ist das unser Recht. Also: Wer hat uns beschuldigt? Who reported us?" Der junge Polizist erklärte langsam und mit bedeutungsvoller Betonung: „Ms Gordon's son."

Ulla schnappte nach Luft. „Ihr Sohn?"

12

Unerwartet

Die alten Damen atmeten hörbar ein.

KH stellte sich schützend vor Ulla auf, als sich die automatische Eingangstür der Lobby wie von Geisterhand öffnete.

Ein kleiner rosa Hund bewegte sich schwanzwedelnd auf Ulla zu. Er bellte leise, machte Männchen und legte den Kopf schief.

„Sag ‚sitz', Tante Ulla, sag ‚sitz', bitte, Tante Ulla, bitte!"

Ein ebenfalls rosa gekleidetes Mädchen mit einer Art Fernbedienung in der Hand lief hinter dem Hund her und schaute Ulla flehend an.

Mit großer Anstrengung entlockte Ulla ihren Stimmbändern das gewünschte „Sitz".

Sofort setzte sich das Hündchen.

„Und nun: Gib Pfötchen, Bello. Tante Ulla, halt ihm deine Hand hin. Gib Pfötchen, Bello."

Ulla und der Hund gaben sich Pfötchen.

„Wie süß! So ein reizender Hund und so ein reizendes kleines Mädchen!"

Die beiden alten Damen gaben den Versuch auf, sich unsichtbar zu machen. Stattdessen bemächtigten sie sich der Kleinen und schufen so die Möglichkeit, jederzeit scheinbar harmlos eingreifen zu können.

Der Hotelmanager nutzte die Gelegenheit und lotste Damen, Hund und Mädchen in eine entferntere Ecke der Lobby. Mit seinem Körper versuchte er, sie von der Szene am Eingang abzuschirmen. Hinter Veronica waren Margarita, Manuel und eine Frau erschienen. Sie war etwa in Ullas Alter, vermutlich ein paar Jahre jünger, hochgewachsen und blond wie ETA.

Offenbar nahmen auch die Neuankömmlinge die Situation in der Lobby als angespannt wahr; sie stutzten.

Ulla winkte sie heran.
Ohne Umschweife stellte sie sich und KH vor:
„Ulla, KH – und äh – vermutlich Jenny, oder?"
Jenny nickte.
„Und dies sind zwei Herren von der Policia Local", Ulla machte sehr direkt weiter und zeigte mit der Fingerspitze auf Manuels Brust.
„Sie behaupten, Manuel, du hättest Anzeige gegen uns erstattet wegen Unterschlagung und Beseitigung von Beweismaterial."
„Was?", Manuel und Margarita reagierten gleichermaßen ungehalten.
Es folgte ein eher heftiger Meinungsaustausch auf Spanisch, in dessen Verlauf Ausweise vorgezeigt werden mussten und Margarita eine Nummer in ihr Handy tippte.
„Elmar? Wir werden hier von zwei Polizisten verhört. Sie haben auch eine Frage an dich."
Sie hielt den Polizisten ihr Handy ans Ohr.
Offenbar ergab diese Befragung, dass auch Elmar keine Anzeige erstattet hatte.
Während die Polizisten sich beratschlagten, telefonierte Manuel mit seinem Bruder.
„Okay, ja, du hast recht. Sie sollen uns sagen, wer unseren Namen missbraucht und die falsche Anzeige erstattet hat. Ja – auch wo und wann."

Manuel steckte sein Handy ein, ignorierte die neugierigen Blicke einzelner Hotelgäste, die an der Rezeption auf den Hotelmanager warteten, und ging zusammen mit Jenny sehr bestimmt auf die Polizisten los.

Margarita gesellte sich nun zu den beiden Alten und ihrer Tochter und versuchte nun ihrerseits, das Blickfeld der beiden Damen einzugrenzen, als der Manager zur Rezeption eilte.

Ulla und KH stellten sich breitbeinig und mit verschränkten Armen hinter Manuel und Jenny. Sie verstanden nichts vom schnellen spanischen Wortwechsel, aber es wurde schnell klar, dass die beiden Polizisten verunsichert waren; schließlich verließen sie das Hotel.

„Sie wissen nichts Näheres und müssen sich die Antworten auf unsere Fragen auf der Wache holen", erklärte Manuel. Jenny ergänzte: „Außerdem haben sie Elmar dorthin bestellt, um ihn zu überprüfen und zu verhören."

An der anderen Ecke der Lobby ruderte Margarita verzweifelt mit den Armen. Offenbar konnte sie die beiden Alten nicht länger abhalten. Deshalb verwickelte Ulla Jenny sofort in ein Gespräch über das Wetter in Deutschland. Als die beiden Alten mit Veronica an der Hand erschienen, hörten sie nur Unverfängliches. Das hielt sie aber nicht davon ab, zielstrebig in die Unterhaltung einzugreifen. „Ja, wir haben viel Glück mit der Sonne gehabt in diesem Winter. Und vor allem deine liebe Großmutter, Kind, hat in ihrem Rollstuhl jeden Sonnenstrahl genossen." Veronica machte große Augen beim Wort „Großmutter", verkniff sich aber eine Bemerkung und lutschte stattdessen auf einem weiteren Stück Schokolade herum, das ihr die Weißhaarige anbot. „Sie sind also die Tochter und der Sohn", der freundliche Plauderton konnte nicht über die prüfenden Blicke auf Jenny und Manuel hinwegtäuschen. „Wir haben uns solche Sorgen gemacht, als Ihre Mutter und Ihre Mutter" – das Kinn der Braunhaarigen zeigte zuerst auf Manuel und dann auf Ulla – „nicht von dem sonntäglichen Ausflug mit den Männern zurückkehrten." Ulla verzog keine Miene, aber Jenny und Manuel runzelten ihre Stirn – was sollte das denn? „Und dann fehlt auch die dritte Freundin, obwohl die ja am Montagmittag nochmal hier in ihrem Zimmer war – mit dem anderen Mann."

KH und Ulla schauten sich erstaunt an. Wie passte diese Information in ihre Theorie?

Aber Manuel verlor die Geduld mit diesen geschwätzigen Alten und er schlug einen Spaziergang vor – einen Spaziergang der Familie, wie er bewusst betonte.

Als KH ihr einen fragenden Blick zuwarf, nickte Ulla ermunternd und mitleidig zugleich.

„Meine Damen", KH zeigte den beiden Alten sein charmantestes Lächeln, „was halten Sie davon, wenn wir zusammen einen Kaffee trinken? Oder einen kleinen Cognac oder ein Sektchen? Ich bin zu müde für einen Spaziergang."

Die beiden Alten zögerten. Trotz seines Charmes war KH dieses Mal nicht die erste Wahl der beiden.

Aber sie erkannten sofort, dass sie derzeit keine Möglichkeit hatten, sich bei Manuel, Jenny und Margarita einzuklinken.

Also nahmen sie KHs Angebot an, konnten sich aber zum Abschied einen kleinen Giftpfeil nicht verkneifen. Er wurde scheinbar harmlos abgeschossen.

„Veronica, du Süße, auf Wiedersehen, bis demnächst. Hier, nimm noch ein Stückchen Schokolade."

Während die Braunhaarige die Tafel aus ihrer Handtasche kramte, erklärte *die Lady* zuckersüß:

„Ja, mein Kind, dir fehlt nur ein rosa Schleifchen im Haar! Dann würdest du genauso niedlich aussehen wie die kleine spanische Prinzessin aus dem 16. Jahrhundert, deren Porträt deine Großmutter geschenkt bekommen hat."

„Als Original, absolut wertvoll!", ergänzte der braungefärbte Kurzhaarschnitt mit einem bedeutungsvollen Unterton.

„Und das von der dritten Freundin aus einfachen Verhältnissen, die sich so ein Porträt eigentlich gar nicht leisten konnte!" Die Häme sprühte nur so aus den Worten der Eleganten. Aber nicht nur das, sie setzte einen weiteren Trumpf oben drauf.

„Mir tut diese arme Freundin, diese Gisa, leid, die Ihre beiden Mütter so schmählich allein gelassen haben!" Die blaugrauen

Augen unter dem weißen Knoten warfen einen vorwurfsvollen Blick auf Ulla, Jenny und Manuel.

★★★

Während sie abwechselnd mit Veronica um die Wette rannten, die Kunststücke des ferngesteuerten Hündchens bewunderten oder es vor den echten kurzbeinigen Hunden – „Pflaster-Tölen", wie KH als ausgesprochener Hundefeind sie nannte – beschützten, tauschten sie, so gut es ging, Informationen aus.

Der sonntägliche Ausflug ETAs nach Valdemossa war neu für ihre Kinder. Mit dem Namen Miguel Hernandez verbanden sie nichts; aber bei John Mudgham stutzen sowohl Manuel als auch Jenny.
„Er ist hier ein bekannter Immobilienhändler", erklärte Jenny. „Seine Geschäfte werden nicht nur positiv in der hiesigen Presse dargestellt. Manchmal wird auch angedeutet, er habe seine Finger bei dubiosen Geschäften mit Kunstwerken im Spiel. Aber er gibt sich volksnah – siehe John's Place. Er will wie einer von uns sein. Und er hat gute Kontakte zur hiesigen High Society", fügte sie hinzu, „zu Geschäftsleuten, zu Kunstsammlern, zu Politikern und wohl auch zur Polizei."
Manuel kannte J. M. sogar persönlich, weil dieser häufig Geschäftspartner in sein und Elmars Restaurant in der Mühle einlud. „Nicht immer eine angenehme Gesellschaft", kommentierte er, „manche dieser Geschäftsleute wirken durchaus zwielichtig."

Dann berichteten die Geschwister endlich Genaueres. ETA war nach dem Unfall vollkommen wirr gewesen. Sie hatte sogar von Verfolgung und Mord gesprochen.
Manuel und Jenny schüttelten selbst in der Erinnerung noch fassungslos ihre Köpfe.
Aber Ulla konnte ihre Verwunderung nicht unterdrücken. „Und? Warum habt ihr nicht die Polizei eingeschaltet?" Gegen ihren Willen klang sie aggressiv.

Die beiden verdrehten die Augen. „Ulla, du hast eine vollkommen normale Mutter, der du glauben kannst – aber wir? Bei Elfi weiß man nie, was Fantasie und was Wirklichkeit ist."

Margarita als Schwiegertochter erklärte vermittelnd, dass Elfi ein „schwieriger Charakter" sei, absolut eitel, „daher ständig neue Kleider und auch Perücken, um die dünnen Haare zu verdecken" und eigentlich immer überspannt – „fast schon hysterisch". Als niemand widersprach, fuhr sie fort: „Und ihre heimliche Trinkerei und die Tablettensucht haben das alles nicht besser gemacht." Resigniert nickten Jenny und Manuel.

Dennoch versuchte Jenny eine Ehrenrettung ihrer Mutter: „Andererseits ist sie dabei sehr kreativ. Sie malt und ist eine Kunstliebhaberin."

„Also könnte ein geschenktes Kinderporträt aus dem 16. Jahrhundert durchaus für sie wichtig gewesen sein?", fragte Ulla.

„Absolut. Wenn jemand ihre Gunst erringen wollte, wäre solch ein Geschenk der richtige Weg gewesen", zeigte Manuel sich überzeugt.

„Aber", warf Jenny nachdenklich ein, „in der letzten Zeit hat sie sich von der Malerei etwas abgewandt. Sie hat sich selbst eingeredet, sie sei zur Schriftstellerei berufen. Sie wollte Krimis schreiben, so wie Agatha Christie, oder wer jetzt gerade *in* ist."

Als sie zögerte, hakte Margarita brutal ein: „Und dabei konnte sie manchmal Krimi-Handlung und Realität verwechseln!"

Wieder kein Einwand der beiden Kinder.

Jenny gab schuldbewusst zu: „Ich hab' sie so mit Tabletten betäubt, dass sie in ihrem Rollstuhl von Flughafen zu Flughafen schlief. Ich wollte keinen Skandal, weil sie den Stewardessen oder den Mitreisenden von Mord und Verfolgung erzählte."

Ulla zeigte Verständnis. Ja, das war nachvollziehbar. Aber dennoch – sie dachte an die Verunsicherung ihrer eigenen Mutter.

„Hat es denn irgendeinen Vorfall gegeben oder eine auffällige Person, die den Verfolgungswahn eurer Mutter gestützt hätte?", wollte sie wissen.

Jenny wollte sofort spontan verneinen, als sie sich selbst stoppte. Sie dachte nach und sagte langsam:

„Eigentlich nicht. Aber – da war ein Mann, ein Spanier, der mich und Elfi im Rollstuhl auf dem Flughafen in Palma durchdringend musterte. Im Wartebereich rempelte er – aus Versehen, so schien es – den Rollstuhl an, aber sie wachte glücklicherweise nicht auf."

Wieder eine Pause. „Und dann der fehlende Koffer, natürlich."

„Der fehlende Koffer?" Auch Margarita und Manuel waren verdutzt.

„Ja", erklärte Jenny, „Elfis blauen Lederkoffer konnte ich in Bonn vom Laufband mitnehmen. Aber ihr blauer Aluminiumkoffer war nicht auffindbar. Ich habe eine Verlustanzeige aufgegeben. – Das Flughafenpersonal teilte mir mit, dass er in Palma eingecheckt und auch in Bonn ausgeladen worden sei. Vermutlich hat ihn jemand aus Versehen mitgenommen. Sie gehen davon aus, dass er zurückgebracht wird."

„Oder – könnte es sich um Diebstahl handeln?", fragte Ulla. „War etwas Wertvolles drin?"

„Ich weiß nicht ... eigentlich handelt es sich um Elfis ‚Malkoffer'. Darin hat sie immer all ihre Mal-Utensilien verstaut. – Und jetzt eben ihren Schreibkram", fügte sie hinzu. „Ich hab nur etwas frische Kleidung darüber gepackt, mehr nicht."

Veronica fing an, zu quengeln, und Margarita zeigte mahnend auf die Uhr.

Ulla wusste, dass die gemeinsame Zeit ablief und stellte schnell ihre nächste Frage.

„Angenommen, Elfi ist wirklich im Besitz eines wertvollen Kinderporträts – wo ist es jetzt?"

Achselzucken. Niemand hatte das Bild gesehen.

„Könnte ... könnte sie es zu ihren Malsachen in den blauen Alukoffer gepackt haben?"

„Theoretisch schon – wenn es nicht nur in der Fantasie der beiden Alten existiert", antwortete Jenny.

„Das heißt", schlussfolgerte Ulla, „jemand könnte auch gezielt Elfis Koffer gestohlen haben – wenn er denn Bescheid wusste."

Manuel seufzte: „Leider kein Problem. Wenn ein Mann es geschickt anstellt, zieht Elfi ihn schnell ins Vertrauen – ich hatte häufig Streit mit ihr deswegen."

Selbst erstaunt über ihre eigenen Gedanken, fragte Ulla sehr direkt nach: „Könnte sie auch – könnte sie auch einem Mann zuliebe ein Grundstück kaufen?"

„Wie kommst du darauf?"

Jenny klang skeptisch, aber nicht ablehnend.

Ulla sprach langsam die Worte ihrer Mutter nach:

„ETAs Grundstück. Meine Mutter hat von ETAs Grundstück geredet. Zugegeben – sie war noch nicht wieder bei vollem Bewusstsein", schränkte sie ein.

Jenny zuckte ihre Schultern.

„Wer kann Elfi durchschauen?" Sie überlegte einen Moment. „Ich werde versuchen, ihre Konten zu überprüfen", erklärte sie dann bestimmt.

Manuel blickte seine Schwester streng an. „Das darfst du nicht. Noch ist sie nicht entmündigt."

Ulla hatte den Eindruck, dass Jenny sich wenig um die Vorbehalte ihres Bruders scherte.

„Wie auch immer – ich glaube nicht, dass sie sich auf Mallorca ein Grundstück kaufen würde. So wie sie über die Insel gemeckert hat", Manuel schien sich sehr sicher.

Sein Handy klingelte und Margarita nutzte die Unterbrechung, um mitzuteilen, dass sie jetzt dringend Veronica nach Hause bringen müssten.

Ulla zog Jenny schnell beiseite.

Sie mochte deren sachliche Art und hoffte, dass Jenny die nächste Aussage rational behandeln würde.

„Hör zu, Jenny, vielleicht steckt mehr hinter diesem Unfall, als wir vermuten. Meine Mutter fühlt sich bedroht. Sie sprach auch von einer Leiche.

Gisela Schmitz und mindestens einer der beiden begleitenden Männer sind verschwunden. Wir wissen nicht, was am Unfalltag wirklich geschah. Wenn ETA, also deine Mutter, Elfi, mehr weiß oder sogar …", Ulla folgte einer plötzlichen Eingebung,

„… oder wenn sie sogar ihre Beobachtungen aufgeschrieben hat, zum Beispiel als Stoff für einen Roman, dann ist ETAs Koffer nicht zufällig verschwunden. Und ETA selbst vielleicht auch nicht. Vielleicht hat sie Angst, begründete Angst, nicht nur eingebildete. Deswegen musste sie verschwinden. Oder sie ist zum Verschwinden gezwungen worden."

Ulla verkniff sich die dritte Möglichkeit, die ihr in den Sinn kam. Wahrscheinlich war ihr Gedankengang ohnehin dramatisch genug.

Jenny starrte Ulla an.

„Wenn Elfi nicht unter Medikamenten stand, hat sie geschrieben, ja, das stimmt. Ich hielt es nur für ihre Schein-Schriftstellerei. – Ulla", sie versuchte, die bedrohlichen Gedanken abzuschütteln, „ich glaube, du hast eine überschäumende Fantasie!"

„Ich wollte, es wäre so", seufzte Ulla, „aber seit Montag holt mich leider die Realität ein."

Manuels aufgeregtes Winken unterbrach sie.

„Elmar. Er sagt, wir sollen sofort auf die Polizeistation kommen. Wir Geschwister. Es ist etwas Merkwürdiges passiert: Die Anzeige gegen Ulla und KH ist in Deutschland erstattet worden. Jemand hat sich als George ausgegeben."

★★★

George.

„Der heilige Georg", hatte Ullas Vater immer spöttisch gesagt. Die Erinnerungen überfielen Ulla plötzlich.

George war das älteste der Gordon-Kinder, etwa so alt wie Ingrid. Die beiden hatten viel miteinander gespielt. Er war der Liebling seiner Mutter und wurde von ihr als künstlerisches Wunderkind inszeniert. George konnte viel früher als Gleichaltrige krabbeln, laufen, sprechen. Schon als Kind konnte er hervorragend singen, malen, Gedichte schreiben; später spielte er Klavier und komponierte – er war in den Augen seiner Mutter einfach ungewöhnlich talentiert und allen anderen haushoch überlegen. „Ja, ja, natürlich der heilige Georg", hatte Ullas Papa regelmäßig kommentiert, wenn ETA das Loblied auf ihren Ältesten anstimmte oder später die Eskapaden des Heranwachsenden entschuldigte.

Ulla hatte dies alles damals nicht interessiert.

Jetzt erinnerte sie sich an ein düsteres Familienunglück oder einen schrecklichen Familienstreit im Zusammenhang mit George. Genaueres wusste sie nicht.

Ihr fiel nur die mitleidige Bemerkung ihres Vaters ein: „Je heiliger, desto tiefer der Fall. – Der arme Georg!"

Ulla rief ihre Schwester an.

Nachdem sie die Verbesserungen von Mamas Zustand ausführlich geschildert und die neuen Sorgen und Ängste nur gestreift hatte, brachte sie das Gespräch auf den ältesten Gordon-Sohn. Ingrid konnte sich gut an den damaligen Spielkameraden erinnern – „witzig und einfallsreich" –, aber die weiteren Entwicklungen in der Familie Gordon waren auch für sie ein Rätsel.

„Ist es denn wichtig?"

Widerwillig gab Ulla mehr Informationen preis. Sie wollte ihre kleine Schwester nicht beunruhigen, aber ohne Erfolg.

„Ulla, das ist ja schrecklich. Passt nur gut auf euch auf, du und KH. Und natürlich auf Mama. Ich werde Steffi und Florian informieren. Sie sollen mal googeln. Vielleicht finden wir ja was über George. – Seid vorsichtig! Und küsst Mama!"

★★★

Zu ihrer großen Überraschung fand sie KH nicht nur in Begleitung der beiden Alten, sondern auch mit dem Paar aus Berlin an der Bar. Alle verstanden sich offenbar prächtig.

KH winkte Ulla freudig zu und sie hatte den Eindruck, dass der ein oder andere Carlos bereits seine Wirkung zeigte. Sie selbst bestellte sich einen Sekt und ein Mineralwasser – wer konnte wissen, ob sie nicht im Laufe des Abends noch einen klaren Kopf bewahren musste?

Der Berliner und KH fachsimpelten über Fußball, speziell über die Chancen von Hertha BSC, sich wieder dauerhaft in der ersten Bundesliga einen Stammplatz zu verschaffen.
Seine Frau und die Weißhaarige redeten über die Berliner und die Hamburger Lebensart, wozu die braungefärbte Kurzhaarige aus Sachsen-Anhalt nicht viel beitragen konnte.
Entsprechend intensiv widmete sie sich Ulla und weihte sie in die neuesten Neuigkeiten ein: „Ihr Mann – es ist doch Ihr Mann?"
Ulla bestätigte, dass trotz unterschiedlicher Nachnamen KH und sie rechtmäßig verheiratet waren.
Das beruhigte die alte Dame und sie fuhr fort: „Ihr Mann hat mit den Berlinern alles geklärt. – Natürlich hat das Berliner Paar Sie und Ihren Mann nicht verfolgt. Es war alles reiner Zufall."
Bildete Ulla es sich ein, oder hatte die Stimme der Alten wirklich einen sarkastischen Tonfall angenommen?
„Warum sollten sie auch? Sie kannten doch unsere lieben Verschollenen gar nicht!"
Ulla war sich nun ziemlich sicher, reine Ironie zu hören.
„Außer", flüsterte die Alte ihr ins Ohr, „dass Herr und Frau Dellwanger irgendwie sehr gut den Zustand von Frau Gordon erfasst haben."
Die braunhaarige ältere Dame schmunzelte zufrieden, als sie Ullas erstaunten Blick sah.
„In unserem Alter", sagte sie selbstgefällig, „hat man gelernt, Menschen richtig zu befragen und sie einzuschätzen."
Sie musterte Ulla scharf.
Bevor sich Ulla unwohl fühlen konnte, nahm die Alte den beiläufigen Gesprächston wieder auf, aber sie heftete ihren durchdringenden Blick unverwandt auf Ulla.
„Wie gesagt, unsere netten Berliner hier haben Sie nicht verfolgt. Sie waren auf der Spur von Kunst. Sie sind Kunstliebhaber. Und deswegen haben sie den bekannten Kunsthänd-

ler John Mudgham heute besucht. John's Place – sagt Ihnen das etwas?"

Ulla nickte.

Sie suchte KHs Augen und fasste vorsichtig seinen Arm. Was ging hier vor sich?

Geistesabwesend tätschelte KH ihre Hand und vertiefte sich weiter in das Gespräch über die Chancen von Hertha BSC.

Die Berlinerin schien einen misstrauischen Blick auf Ulla und die Kurzhaarige zu werfen, widmete sich aber wieder dem Vergleich der Hamburger und Berliner Lebensart mit *der Lady*.

Nach einem tiefen Schluck aus ihrem Sektglas entschied sich Ulla, die Chance zu ergreifen und so viel wie möglich zu erfahren.

„Ja, natürlich. Da ist der gelbe Citroën abgebogen. Was haben die beiden denn entdeckt?" Sie hob ihre Stimme bewusst, damit auch die Berliner ins Gespräch eingreifen konnten.

Doch bevor diese antworten konnten, flüsterte die Kurzhaarige ihr ins Ohr: „Nichts. Seit Tagen leer. Wie sollte es auch anders sein? Wir haben ihn zuletzt am Sonntag gesehen, als er mit Ihrer Mutter, Ms Gordon, Frau Schmitz und Herrn Hernandez abfuhr. Frau Schmitz kam mit Herrn Hernandez am Montagnachmittag zurück – völlig echauffiert. Sie hat ihn sogar mit auf ihr Zimmer genommen. Dann sind sie wieder abgefahren mit dem weißen Mercedes. Von John Mudgham keine Spur!"

Ulla hatte das unangenehme Gefühl, dass nicht nur sie und KH Theorien über einen möglichen Tatablauf erstellten.

Glücklicherweise schaltete sich nun die Berlinerin ein.

Ihre Augen mit den geschwungenen Wimpern richteten sich groß auf Ulla: „Kennen Sie John's Place? Nein? Da haben Sie etwas verpasst: Die gesamte vordere Hauswand ist mit kleinen Kunstobjekten verschönert – Skulpturen, Keramik, aber auch Wandmalerei! Einfach fantastisch."

Mit einem Blick auf Ullas Gesprächspartnerin bestätigte sie deren Aussage über John Mudgham.

„Ja, es ist richtig, wir haben den Besitzer leider nicht kennenlernen können. Obwohl wir eigentlich zu den üblichen Öffnungszeiten ankamen, war das Haus verschlossen. Wir konnten die Kunstschätze also nicht besichtigen. Das war schade und seltsam, nicht wahr, Liebling?"

„Na ja", ihr Mann machte eine großzügige Geste, „das ist Mallorca – Spanien. Da genießt man das Leben und richtet sich nicht immer nach dem Terminplan. Carpe diem. Und es zählt nicht unsere preußische Pünktlichkeit."

Seine Frau warf ihm einen betörenden Augenaufschlag zu.

„Wie Recht du hast, Georgy."

Ulla erstarrte.

Georgy. George.

Aufgrund seines sicheren Gespürs für die Gefühlslage seiner Frau griff KH ein. „Ich denke, wir trinken aus und gehen dann zum Abendessen."

Er nahm Ullas Hand: „Komm, Liebes."

Leider folgten alle anderen auch.

Glücklicherweise war der Speisesaal so voll, dass sie nicht alle nebeneinander Platz fanden.

KH und Ulla quetschten sich in die hinterste Ecke an einen Zweiertisch. KH sah ihre Bedrückung und streichelte sie.

„Geh schon mal vor", sie zeigte aufs Büffet, „ich bestell noch eben den Wein und komme dann nach."

Er kannte sie gut genug und folgte ihrer Aufforderung, nach einem festen Kuss. „Was auch immer – ich liebe dich", sagte er.

„Ich dich auch. Das weißt du." Sie nickten sich vertraut zu.

Nach KHs Aufbruch bestellte sie den Wein.

Zwischendrin schickte sie eine SMS an Eni und Björn: „Dringend. Googelt George Dellwanger. Bitte schnelle Rückmeldung. Eure Mama."

Ein kurzer Anruf bei Ingrid ergab nichts Neues.

„Wir finden nichts unter George oder Georg Gordon."

„Versucht es mit: George Dellwanger."

Sie legte auf und folgte KH ans Büffet.

146

Nachdem sie beide mit gefüllten Tellern zurückgekehrt waren, tauschten sie ihre neu gewonnenen Informationen aus.

„Falls der Berliner wirklich der Bruder von Elmar und Manuel wäre", hing KH seinen Gedanken nach, „würde dies einiges erklären:

Erstens: Er könnte in Deutschland ETA bei ihrer Flucht aus der Klinik geholfen haben und sie versteckt halten.

Zweitens: Sein Interesse an uns: Wir führen ihn zu deiner Mutter, die ihm seine Fragen beantworten kann.

Drittens: Das übergriffige Verhalten: Sie versuchen, auf eigene Faust den Fall aufzuklären."

Ulla stimmte ihm in allem zu, aber nur unter einer Bedingung: „Das setzt aber voraus, dass ETA und er ständig Kontakt gehalten haben und die übrigen drei Geschwister nichts davon wussten."

KH nickte: „Ja, das macht Sinn."

Dann wandten sie sich dem nicht auffindbaren Kinderporträt zu, dem „sechsten Verschwundenen", wie KH sagte. Beide stimmten überein, dass Gisa nicht reich genug sei, um solch ein Gemälde zu erwerben oder gar zu verschenken.

„Könnten wir nicht Hilde –", schlug Ulla vor, als KH auf seinem Handy schon auf die Nummer seiner Schwester drückte.

„Gisa und Geld?", Hildes Stimme drückte deutlich aus, dass sie diesen Gedanken als Zumutung empfand.

„Gisa hat kein Geld. Und sie kann auch nicht mit Geld umgehen. Ich sag euch doch: Sie ist ein Messi. Absolut chaotisch. Und unordentlich. Sie würde nie ihre Sparbücher wiederfinden." Hilde klang sehr entschieden.

Die nächste Frage KHs passte überhaupt nicht in ihr Bild über ihre Freundin.

„Was – Gisa soll ein Gemälde verschenkt haben? Absolut unmöglich. Gisa ist geizig. Nein, eine Kunstkennerin ist sie auch nicht! – Was sagst du, KH? Quatsch, warum sollte sie ein Gemälde kaufen und dann wieder verschenken?"

Im Hintergrund hörten sie Mehdis ruhige, aber eindringliche Stimme.
Hilde unterbrach ihren Redeschwall.
„Warte mal, KH, hier sagt Mehdi gerade was. Wie bitte??? Was meinst du, Mehdi?"

Hilde wurde still. Nach einer Weile fasste sie sich wieder.
„Es ist völlig absurd, was Mehdi sagt. Aber vielleicht hat er gerade deswegen recht. – Wir müssen hier erstmal was recherchieren. – Bis später! Ich rufe euch zurück!"

★★★

Es gab keine Nachrichten mehr an diesem Abend – oder fast keine.
KH und Ulla verbrachten den Rest des Abends in ihrem Hotelzimmer vor dem Fernseher, um nicht mit den Berlinern und den beiden alten Damen an der Bar zusammenzutreffen.

Gegen Mitternacht hatte Ulla genug von Sotchi und Fußball.
Stattdessen warf sie einen kurzen Blick in die deutschsprachige *Mallorca Zeitung*, die sie zum ersten Mal vor ihrer Zimmertür gefunden hatten.
Auf der zweiten Seite prangte die fette Schlagzeile *Kunstraub in Finca Sa Bassa?*
Ulla wusste, dass dieses kleine private Museum, das sich auf historische Kinderporträts und moderne Skulpturen spezialisierte, auf dem Weg zur Ermita de la Victoria lag; sie hatten heute das Hinweisschild gesehen.

Offenbar gab es eine polizeiliche Anzeige des Besitzers, dass in seiner Abwesenheit wertvolle kleinformatige Bilder entwendet worden seien.
Allerdings gab es kein Anzeichen auf einen Einbruch.

Insider? Bedienstete oder Freunde, die sich um das Anwesen kümmerten?

Polizei und Eigentümer hatten offenbar keine Angaben gemacht; dies ließ der Zeitung Raum für Spekulationen – auch gegen den Besitzer.

Ulla hatte diesen Artikel nur gelesen, weil er dick angekreuzt war. Daneben stand in krakeliger Handschrift:

Die Bilder sind etwa zu der Zeit abhandengekommen, als Ihre Mutter, Frau Gordon und Frau Schmitz einen Ausflug dorthin unternommen haben. Mit diesem Miguel.

Frau Ulla und Herr KH, wir denken, Sie müssen das wissen! Wir wollen nur das Beste für Ihre Mutter!

Zwei wohlmeinende Freundinnen.

Ulla stand eine Zeitlang starr.

Endlich raffte sie sich auf.

„Ich gehe jetzt ins Bett!", sagte sie resigniert und schob KH den Artikel unter die Nase.

13

Gefunden

Ulla schlief schlecht. Sie träumte viel, wusste aber später nur, dass es sich um düstere Szenen gehandelt hatte.

Irgendwann weckte sie ihr Handy mit drei Piepzeichen – eine neue Nachricht.
Ohne das Licht anzuknipsen, wankte sie benommen ins Badezimmer. Sie wollte KH nicht wecken, der sanft schnarchte.

Die Nachricht lautete:
Ulla, ich habe von Björn gehört, *dass du wieder Single bist. Schade für dich. Aber vielleicht brauchst du Trost. Du kannst mein Foto unter www.steffi-foto.de herunterladen. Alles Gute, Steffi.*

Ulla schaute auf ihre Armbanduhr. Es war 5 Uhr 10.
Sie fluchte und versuchte, schnell wieder einzuschlafen. Sie würde ihre Nerven für den nächsten Tag brauchen!

★★★

Als sie nicht schlafen konnte und KH weckte, erklärte er ihr immer wieder geduldig, dass diese frühmorgendliche SMS nichts anderes war, als „dich abzuzocken oder um sich in dein Handy einzuhacken, um später an deine Daten zu kommen. Das hat nichts, aber rein gar nichts mit den Vorfällen um Mama zu tun." Ulla wusste, dass er recht hatte. Trotzdem war sie beunruhigt. Wurde ihr Handy überwacht? Anders konnte sie sich nicht erklären, dass Namen aus ihrer Adressenliste für diese Lock-SMS genutzt worden waren. Und: Wenn ihr Handy für unlautere

Werbung angezapft worden war – wer hatte sonst noch Zugriff darauf?

Sie hatte nicht viel Zeit, diese Grübeleien weiterzuverfolgen, denn es gab andere Nachrichten.

Björn hatte ihr noch nachts um 2.00 Uhr folgendes geschickt:
George Dellwanger, verheiratet mit Birgit Dellwanger, Inhaberin der bekannten Berliner Boutique „Woman's Beauty". Derzeit Geschäftsführer in der Firma seiner Frau. Früher unter dem Namen George Gordon ein vielversprechendes Talent als Pianist und Komponist. Die Karriere wurde durch einen tragischen Autounfall beendet. – Gruß an KH und Küsse an dich. Hdl Björn.

Sofort simste sie zurück:
Tausend Dank – schlaf noch ein bisschen, hab dich auch lieb, deine Mama.

Um 8.32 Uhr sendete Ingrid dieselbe Nachricht, mit dem Zusatz: *Das hat Steffi gefunden. Und Florian hat es bestätigt.*

Offenbar arbeiteten alle Enkelkinder intensiv daran, ihrer Oma zu helfen.

Eni schrieb:
Geräusche auf Uromas Handy haben aufgehört. Wisst ihr mehr? Domis Nase wieder in Ordnung. Habe Knopf als Erinnerung in Domis Album eingeklebt. Haben euch lieb Eni und Domi.

Im Speisesaal suchten sich Ulla und KH in der hintersten Ecke einen Platz und gaben sich gegenseitig das Versprechen, sich am Büffet nicht umzuschauen und keinesfalls zu reagieren, falls sie angesprochen wurden.

So konnten sie ihre Spiegeleier mit Speck in Ruhe verzehren und Ulla fing gerade an, den Blick aufs blaugrüne Meer durch die großen Fenster zu genießen, als KHs Handy klingelte.

„Hilde", flüsterte er.

„So früh?", Ulla war erstaunt.

Sie hörte Hildes aufgeregten Worte, ohne sie zu verstehen und nahm wahr, wie KH immer wieder nickte.

„Danke", sagte er schließlich, „danke an dich und Mehdi. Ihr habt uns sehr geholfen. Ja, natürlich sagen wir sofort Bescheid, wenn wir etwas Neues über Gisa wissen. – Doch, Ullas Mutter geht es besser. – Ja, wir passen auf uns auf. – Liebe Grüße, auch an Mehdi, auch von Ulla. – Ja, bis bald."

Weder er noch Ulla wussten, dass er so schnell nicht wieder mit seiner Schwester telefonieren würde.

KH versorgte sich mit deftigem Brot und Serrano-Schinken und erläuterte dann, dass Mehdi recht gehabt hatte.

„Inwiefern?", fragte Ulla und schob sich Ziegenkäse auf einer Orange in den Mund.

„Mehdi in seiner Menschenkenntnis ging davon aus, dass Gisas Urlaub von Ruth finanziert worden ist. Mit großzügigem Taschengeld. Ruth ist nicht knauserig. Du weißt, sie ist eine reiche Erbin."

Ja, ja – Ulla kannte Ruths Spruch vom „Onkel Dagobert", der unentwegt für Geld sorgte, das sie auch freigiebig an ihre Freundinnen verteilte.

„Und offenbar hat Gisa sie überzeugt, Geld in Originalgemälde – Kinderporträts – zu investieren. Anscheinend hat Ruth an Gisa mehrstellige Summen überwiesen. Mehdi konnte keine genauen Zahlen herausfinden."

„Aber das heißt", Ulla ließ sich nun den Geschmack von Ananas mit Käse auf der Zunge zergehen, „aber das heißt doch: Das Bild, das Gisa an ETA verschenkte, wurde rechtmäßig erworben."

KH nahm einen Schluck Orangensaft: „Sagen wir mal so. Es sieht so aus, als hätte Gisa das Porträt bezahlt. Aber ob das Geld auch den rechtmäßigen Besitzer erreicht hat oder ob das Bild nicht vorher entwendet wurde, …"

Ulla stutzte kurz, aber dann leuchtete ihr KHs Gedankengang ein.

„Du meinst, dieser Miguel oder der windige Immobilien-und Kunsthändler könnte sich vorher des Porträts – und vielleicht auch weiterer, wenn man dem Artikel aus der *Mallorca Zeitung* Glauben schenken kann – bemächtigt haben? Sie haben das Diebesgut dann weiterverkauft?" Ulla versuchte, ihre Stimme zu mäßigen.

„Sicher. Und nicht nur das." KH naschte beiläufig eine Feige. „Da die drei alten Frauen ja nicht so viel Geld hatten, alle Porträts zu kaufen, wurden sie zum Schmuggeln benutzt."

Aus Verblüffung setzte Ulla ihre Kaffeetasse ab. „Jetzt geht aber deine Fantasie mit dir durch, KH", warf sie ihm vor. „Alte Frauen und Schmuggeln?"

„Nichts einfacher als das", KH schob ein kleines Stückchen Croissant nach. „Zum Beispiel packt man einfach ein Gemälde gut getarnt in die Koffer oder eine Reisetasche einer alten Dame und besucht sie dann wieder in Deutschland."

Er kaute genüsslich.

Ulla räusperte sich: „Mein Gott, KH. Das klingt ja so, als ob du eine große Erfahrung im Ausnutzen von alten Frauen hättest."

Dann grinste sie: „Gut, dass ich noch so jung bin!"

In diesem Moment klingelte Ullas Handy.

Zu ihrer großen Freude war es ihre Mutter, die vom Krankenhaus anrief.

„Ja, es geht mir gut, mein Kind. Ich kann sogar schon einen Spaziergang machen. Der junge Polizist, der auf mich aufpassen soll, holt mich gleich ab. Ich wollte dir das nur sagen, falls du mich nicht erreichst. Nein, nein – macht euch einen schönen Tag, es reicht, wenn ihr mich heute Nachmittag besucht. Ich bin hier in guten Händen." Mama klang munter wie vor dem Unfall.

Ulla verdrehte die Augen und KH schaute besorgt.

„Okay, Mama", sagte Ulla gedehnt.

Sie hatte tausend Fragen an ihre Mutter. Aber wie sollte sie die stellen, ohne an das Trauma zu erinnern und eine neue Ohnmacht hervorzurufen?

„Mama, es ist schön, wenn du mit dem jungen Polizisten spazieren gehst. Schaut euch die wunderbaren Blüten um das Krankenhaus an. Aber sag nicht zu viel. Belaste dich nicht."

„Nein, mein Kind, natürlich übernehme ich mich nicht. Ich gehe langsam."

Offenbar war Ullas Botschaft nicht angekommen.

„Ich meine", Ulla überlegte fieberhaft, „die Polizei weiß ja noch nicht, was passiert ist. Es kann sein, dass sie dich aushorchen wollen. Wegen ETA und Gisa und so."

„Ach, Kind, keine Sorge!"

Ulla spürte durch das Telefon, wie ihre Mutter den Einwand wegwischte.

„Beide waren ja sowieso unzurechnungsfähig. Völlig daneben. Egal, was ich sage: Wegen Unzurechnungsfähigkeit kann man ihnen einfach nichts anhaben."

Mama wirkte sehr sicher.

„Aber du", Ulla verlor die Nerven, „aber dir, Mama! Dir wird man versuchen, etwas anzuhängen. Wegen des Unfalls und der Porträts und überhaupt! Wenn die Polizei nichts anderes findet, greifen sie auf dich zurück!"

Ihre Mutter antwortete nicht.

Ulla sorgte sich bereits, dass Mama erneut in den Zustand der Bewusstlosigkeit gefallen sein könnte, da hörte sie deren Stimme, sehr langsam und entschlossen:

„Welcher Unfall? Ich weiß von nichts, Ulla. Ich erinnere mich an nichts."

Für einen Moment verschlug es Ulla die Sprache.

„Gut", sagte sie dann entschieden, „sehr gut. Das ist eine super Strategie. – Aber Mama, bitte, was ist mit deinem Handy? Und deiner Handtasche? Es wurde nichts Persönliches von dir im Krankenhaus abgegeben!"

Erneutes Schweigen.

Dann ein kurzes Räuspern.

„Ich – meine Handtasche … meine Handtasche hatte ich hinten im Auto. In dem Mercedes. – Mein Handy hab' ich vor dem Austreten Gisa zum Halten gegeben."

Ulla fühlte sich beruhigt.

Es schien, als ob ihre Mutter die Situation angemessen handhaben konnte.

Sie versuchte daher, eine weitere Information zu erlangen.

„Du, Mama. Die Polizei stellt sich ja ein bisschen komisch an wegen der aus dem Meer gefischten Perücke und der Cognacflasche. Du weißt schon, die mit dem Zettel."

Keine Reaktion ihrer Mutter.

Daher fragte Ulla vorsichtig: „Weißt du vielleicht was darüber?"

Mama seufzte. „Vermutlich ist ETA die Perücke bei einem ihrer Ausflüge vom Wind ins Meer gepustet worden."

Ulla ließ nicht locker. „Und die Flasche?"

Etwas ungehalten erklärte ihre Mutter: „Kind, du musst doch verstehen, dass eine Alkoholikerin ihre Flaschen irgendwo entsorgen muss. Sie kann sie ja nicht einfach in ihrem Hotelzimmer in den Papierkorb stecken!"

„Das verstehe ich", gab Ulla zu, „aber der Zettel? Mord?"

Ulla hatte den Eindruck, dass ihre Mutter sich verstohlen umsah. Dann hörte sie Mamas Flüstern: „Herrgott, Ulla! Versetz dich doch mal in ETAs Lage! Mit ihrer Schriftstellerei wollte es nicht so richtig klappen! Sie brauchte unbedingt eine Inspiration für ihren Krimi. Wenn nun eine Flaschenpost mit dem Zettel ‚Mord' an einen Strand geschwemmt wird, hätte es einen Skandal gegeben. Und den hätte ETA gut in ihrem Roman verarbeiten können. – Versteh doch. Sie war zwar unzurechnungsfähig, aber trotz allem raffiniert! – Genau dieselbe Geschichte hat sie auch mit dem Sportler veranstaltet!"

Bevor Ulla nachfragen konnten, nahm Mamas Stimme einen betont lauten und fröhlichen Ton an: „Ah, hier kommt mein netter Polizist. Bis später, Ulla. Grüße KH und macht euch keine Sorgen!"

Das Handy verstummte.

★★★

Da die Sonne wie in einem Werbeprospekt vom Himmel strahlte und es zudem noch recht früh war, beschlossen die beiden, die zweitgrößte Schlucht Europas zu besichtigen – Torrent de Pareis bei Sa Calobra.

Zwar hatte Ulla gewarnt und KH aus „50 Dinge, die man auf Mallorca gemacht haben sollte" Folgendes vorgelesen:

... die Fahrt mit dem Auto. Wer diese wagen will, sollte bedenken, dass ab Palma insgesamt etwa 800 Kurven zu bewältigen sind, am Ende besonders enge, darunter eine, die Krawattenknoten genannt wird, weil man die gerade eben zurückgelegte Straße wieder unterquert.

Aber KH hatte die Karte konsultiert: „Die Straße ist klein und kurvig, aber immerhin gelb. Wir sind schon andere Strecken gefahren."

Und ein Blick in einen anderen Reiseführer gab ihm die nötige Bestätigung:

„*Die wahnwitzige Trasse durchquert eine faszinierende Felslandschaft ... wer sich nicht als einen sicheren Fahrer einschätzt, sollte diese Bergstraße vielleicht besser meiden –* Ich bin aber ein geübter Fahrer!"

Schon auf der Zwischenstation beim Kloster Lluc hatte Ulla kein gutes Gefühl. Ihr Magen rebellierte – irgendetwas vom Frühstück bereitete ihr Probleme. Trotz Sonne, blauem Himmel und Wärme verdunkelten dicke grün-graue Schwaden plötzlich die Luft. Sie verzogen sich schnell wieder, tauchten aber unvermittelt erneut auf.

„Wie eine Warnung", fand Ulla.

„Unsinn", KH zeigte ihr sachlich die großen Pinien am Parkplatz vor dem imposanten Gebäude aus dem Mittelalter, „schau dir die Bäume an. Immer wenn ein Windzug sie streift, sondern sie diese Schwaden ab – wahrscheinlich Blüten- oder Straßenstaub. Oder beides. Kein Grund zur Beunruhigung."

Er hatte recht. Auch mit der Aussage, dass jetzt im Februar kein Verkehr herrschte.

„Und wenn im Sommer Busse diese Straße nach Sa Calobra befahren können, dann haben wir jetzt absolut kein Problem. Wir sind derzeit im Winter fast allein mit unserem kleinen Mietwagen unterwegs."

Ulla gab sich zufrieden, aber das unangenehme Gefühl in ihrem Bauch verstärkte sich.

Oberhalb der Schlucht machten sie einen Fotostopp. Ulla filmte den Blick auf das blaue Meer durch die kahlen, gezackten Felsen, im Vordergrund Pinien, Zedern und Palmen. Die eng gewundene Straße in die Schlucht konnte sie von hier oben nicht erkennen.

Sonst hätte sie wohl KH zum Umkehren bewegt.

Auf den ersten Kilometern wurde sie durch einen Anruf Elmars von der Gefahr abgelenkt.

Er teilte ihr mit, dass die Geschwister der Polizei alles mitgeteilt hatten, was sie wussten, und dass sich im Gegenzug die Polizisten als sehr kooperativ erwiesen hatten.

„Nach Miguel Hernandez und dem Immobilienhändler wird jetzt europaweit gefahndet. Und deine Mutter bekommt sogar Polizeischutz."

„Hat sie schon", Ulla grinste, „einen netten jungen Polizisten, der sie wahrscheinlich gerade bei einem Spaziergang verhört."

Dann wurde sie ernst, denn sie bedrückte, dass sie vergessen hatte, das Wesentliche mitzuteilen.

„Elmar? Es tut mir leid. Ich wollte euch eigentlich noch vor dem Frühstück anrufen, bin aber nicht dazu gekommen. Vermutlich – eher sehr wahrscheinlich – ist euer Bruder George bei uns im Hotel. Mit seiner Frau. Unter dem Namen seiner Frau: Dellwanger. Sie fahren einen gelben Citroën – einen Mietwagen. Das sind die, die uns nach Valdemossa gefolgt sind. Sie haben auch John's Place auf eigene Faust untersucht. Nein, nein, ich täusche mich nicht – sie haben sich mit dem Namen vorgestellt. Mein Sohn, meine Nichte und mein Neffe haben unabhängig voneinander die Zusammenhänge herausgefunden."

Elmars Schweigen zeigte an, dass er mit dieser neuen Entwicklung nicht sehr glücklich war.

Wie sollte er auch?

Wahrscheinlich hatten die Geschwister gehofft, dass ihre Mutter in Deutschland irgendwie bei dem verschollenen Bruder untergekommen war. Sie hatten immer die Vermutung gehegt, dass es zwischen Mutter und dem ältesten Sohn sporadische Kontakte gab, die vor den übrigen Geschwistern geheim gehalten wurden.

Wenn dieser Strohhalm nun wegfiel – lieber nicht daran denken! Dann fiel ihm noch etwas ein. „Übrigens: Jenny hat die Bewegungen auf Elfis Konto nachgeprüft. Deine Frage zielte genau ins Schwarze. Ja, Elfi hat eine Anzahlung für einen Grundstückskauf in Alcudia an John Mudgham geleistet. –Jenny war ziemlich sauer, weil Elfi abgelehnt hat, sich an Jennys Senioren-Projekt finanziell zu beteiligen. Jenny gegenüber hat sie behauptet, sie habe kein Geld flüssig. – Aber so unberechenbar ist sie eben", seufzte er und verabschiedete sich.

Ulla kam der Gedanke, dass sich Elfi nur eine Schutzbehauptung ausgedacht hatte, um sich nicht am unkomfortablen Altenheim ihrer Tochter beteiligen zu müssen.
Glücklicherweise legte Elmar auf, bevor Ulla ihre Idee äußern und damit neuen Streit in die Familie tragen konnte.

Das Ende des Telefonats bedeutete für Ulla, dass sie sich jetzt wieder der gefürchteten Straße zuwenden musste.
KH fuhr souverän und sehr konzentriert.
Er lächelte sie an und legte seinen Körper wie ein Motorradfahrer in die Kurven: „Bei dem geringen Verkehrsaufkommen macht das Fahren richtig Spaß. Schsch – eine Kurve! Und schschsch – die nächste Kurve und schsch …"
„Pass auf", schrie Ulla voller Panik, „zwei Busse!"
Während der Fahrer des ersten Busses sich an seine Fahrbahnseite hielt, überquerte der zweite Bus die Mittellinie.
KH musste abrupt bremsen, um nicht an den schwindelnden Abgrund gedrängt zu werden. Er fluchte und verlangsamte nach diesem Vorfall seine Geschwindigkeit.
„Schau mal, dieses Panorama!", rief er begeistert.
Ullas Augen nahmen die eng gewundene Straße an steilen Abhängen zwischen riesigen Felsen durchaus als schönes Schauspiel wahr – sie versuchte sogar, zu filmen –, aber ihr Magen rebellierte.

„Gleich wird mir schlecht", sagte sie und presste sich ein Taschentuch auf den Mund.

„Entspann dich", KH war um einen guten Rat nicht verlegen, „entspann dich einfach und genieße diese wunderbare Krawattenknoten-Kurve!"

Den Krawattenknoten, eine Unterführung unter der zuvor gefahrenen Strecke, konnte Ulla noch aushalten.

Aber bei der Fahrt durch die sich immer enger windenden und in immer kürzeren Abständen folgenden Kurven drehten ihre Magennerven durch.

„Halt an, ich muss mich übergeben!"

KH bremste in der Ausbuchtung der nächsten Kurve scharf.

Ulla öffnete mit einem schnellen Ruck ihre Beifahrertür. Sie taumelte gegen einen Felsen und ihr Magen entleerte sich krampfartig. Ihr wurde schwindelig.

Sofort fühlte sie dankbar KH neben sich, der sie stützte.

„Pass auf, Liebes. Keinen Schritt weiter. Stürz mir bloß nicht ab."

Sie wollte beruhigend nicken, aber allein diese Bewegung löste einen neuen Brechreiz aus. Danach setzte sie sich erschöpft auf den Felsen.

„Bitte, Wasser."

KH ließ sie widerwillig allein.

„Beweg dich nicht. Du sitzt am Abgrund!"

Schnell brachte er ihr die Wasserflasche aus dem Auto. Sie trank in kleinen, langsamen Schlucken, während KH immer wieder ihr blasses Gesicht streichelte.

„Liebes, geht es dir besser?"

Sie nickte. Sie wusste, wie schlecht es ihm ging, wenn ihr nicht gut war.

Aber sie fühlte sich auch wirklich besser.

Ihre Angst war mit dem Brechreiz verschwunden.

Auch machte sie sich innerliche Vorwürfe.

Ihre Furcht war Unsinn; KH fuhr sehr umsichtig, es gab kaum Verkehr, die Straße war zwar kurvenreich und eng, aber gut ausgebaut. Und die Reiseführer hatten recht:

Man konnte unglaublich schöne Landschaftsblicke genießen!

Von ihrem festen Felsenplatz aus tasteten Ullas Augen vorsichtig die bizarren Berggipfel gegen den blauen Himmel ab, verfolgten dann die in die Felsen gehauene Straße. Sogar einen Blick nach unten trauten sie sich zu.

Unvermittelt griff sie nach KHs Hand.

„Fass mich an, ganz fest!", flüsterte sie.

Noch bevor KH sie hindern konnte, beugte sie sich weit nach vorn.

„Ulla, stopp!", KHs Stimme überschlug sich.

Aber ihr entsetzter Blick brachte ihn zum Schweigen.

„Halte mich fest! An den Beinen! Setz dich drauf!"

Blitzschnell hatte Ulla sich auf den Bauch gelegt und Richtung Abgrund geschoben.

KH blieb nichts anderes übrig, als zu tun, was sie angeordnet hatte.

„Ulla, bitte!", beschwor er sie.

Aber sie hatte bereits in Windeseile mit beiden Händen die Fläche unter ihr abgetastet.

„Da nimm – Mamas Lippenstift und Mamas Taschenspiegel. Ein bisschen lädiert, aber ihre Sachen!"

Ulla hatte sie ihrer Mutter zu Weihnachten geschenkt.

Sie schob sich langsam Zentimeter um Zentimeter weiter nach vorn.

„Kein Risiko! Bitte, Ulla, nicht noch mehr Risiko!"

KHs Stimme klang flehend.

„Halt fest, KH, es geht um Leben und Tod!", ächzte sie zwischen zusammengepressten Zähnen.

KH drückte sein ganzes Körpergewicht auf ihre Oberschenkel, beugte sich nach vorn und hielt ihren Oberkörper mit beiden Händen umklammert.

Er hörte sie tief einatmen.

„Oh Gott", murmelte sie entsetzt.

Nach einer Weile: „Ich krieche jetzt zurück. Halt mich fest."

Sie wusste selbst, dass diese Aufforderung unnötig war.

KH setzte alles daran, sie möglichst schnell aus der Gefahrenzone zu bringen.

Als sie weit genug vom Abgrund entfernt stand, flüchtete sie in seine Arme.

Sie war leichenblass und zitterte.

Er küsste sie.

„Du musst nichts sagen", seine Stimme klang aufgewühlt und beruhigend zugleich. „Nicke nur, wenn ich recht habe."

Sie kuschelte sich an ihn und signalisierte Einverständnis. „Da unten – da unten liegt ein Auto."

Sie nickte.

„Ein weißer Mercedes."

Erneutes Nicken.

„Konntest du – konntest du Personen erkennen?"

Sie seufzte und schaute ihn an.

„Ja", flüsterte sie. „Eine Frau. Mit rot-grünen Haaren."

14

Sturz

Endlich! Ein Krankenwagen, Polizeisirenen und ein Bergungs-
fahrzeug der Feuerwehr!
KH und Ulla saßen zusammengekauert und engumschlungen in
ihrem Auto. Die Türen hatten sie fest verriegelt.

Jenny entstieg dem Polizeiauto. Offenbar hatte sie nach Ullas auf-
geregtem Anruf schnellstmöglich die Hilfe organisiert.
Sie wirkte ruhig und souverän und übersetzte sofort zwischen
Ulla, KH und der Polizei.
Nachdem alle Fragen der Polizisten beantwortet waren, stellte
Ulla die wesentliche: „Lebt sie? Beziehungsweise wird sie leben?"
Die Polizisten verständigten sich kurz mit den Sanitätern, die
zum Unfallwagen vorgedrungen waren.
„Ja, sie lebt." Jennys Übersetzung klang fröhlich.
„Aber sie ist bewusstlos. Ein Sanitätshubschrauber ist angefor-
dert. Sie wird nach Palma in eine Spezialklinik geflogen. Al-
les Weitere wird man sehen. – Bitte, ihr sollt diesen Platz räumen. Hier soll der Hubschrauber landen. Außerdem könnt ihr
nichts mehr tun und die Polizei braucht euch nicht mehr. Jedenfalls jetzt nicht."

Jenny drückte KHs Hand und küsste Ulla auf die Wange.
„Danke für alles", flüsterte sie.
„Wir haben mit George gesprochen." Einen Moment schien sie
zu überlegen, ob sie alles mitteilen sollte. Dann fuhr sie fort:
„Elfi ist in der Berliner Charité. Außer Gefahr. George hat sie
dort untergebracht. Er und seine Frau glauben inzwischen nicht
mehr, dass ihr oder eure Mutter oder wir Geschwister Elfi see-

lisch fertig gemacht hätten und ihr ein Verbrechen anhängen wollen. Sie erkennen Elfis Suchtprobleme und auch ihre psychischen. Trotz allem – es ist noch ein weiter Weg, bis alles klar ist. Aber das wird nicht heute sein. Macht euch noch einen schönen Tag!"

★★★

Ullas Übelkeit und Ängste waren verflogen.
Mit ihrer beruhigenden Hand auf seinem Oberschenkel und ihrer aufmerksamen Begleitung des Straßenverlaufs fuhr KH sicher die kurvenreiche Strecke bis nach Sa Calobra hinunter. Dort fanden sie den Parkplatz geschlossen.

Sie stellten den Wagen in der Busspur ab hinter einem anderen deutschen, gebräunten Paar in ihrem Alter, die gerade zwei weiße Yorkshire-Terrier mit roten Schleifchen hinter den Ohren mit Wasser versorgten.
Die beiden Männer verständigten sich, dass jetzt im Februar wohl keine Touristenbusse diese Spur benötigen würden und die PKWs ungestört parken konnten.

Dieses kurze Gespräch half ihnen, sich wieder in die Realität einzufinden.
Mama ging es deutlich besser, ETA war in Berlin in guter ärztlicher Betreuung und Gisa lebte. Beruhigende Nachrichten!

Selbst wenn es noch einen Hauch von Unbehagen gegeben hätte – das klare türkisfarbige Wasser, das gegen die markanten Felsen spritzte, Palmen, Pinien und Grün in allen Schattierungen, blauer Himmel – all dies löste jeglichen Missmut auf.
Filmend und fotografierend näherten sich Ulla und KH dem Torrent del Pareis.
Das letzte Stück des Weges musste durch zwei Tunnel zurückgelegt werden, die bis auf ein paar Meter am Ende durch gelbgrüne Lichtstreifen auf dem Fußboden gut ausgeleuchtet waren.

Da sich der Gang als rutschig erwies, trug das deutsche Ehepaar seine Terrier. Sie erklärten Ulla und KH, dass bei ihrem ersten Besuch vor dreißig Jahren die Tunnel nur grob gehauene Pfade durch den Felsen gewesen waren – „ohne Licht, glitschig, hohe Unfallgefahr!"

Nun gab es im Tunnel bezaubernde Ausblicke durch kleine Öffnungen in den Felsen, die Ulla und KH ausgiebig für ihre fotografischen Arbeiten nutzen.

Als sie dann ins Freie traten, waren sie überwältigt.

Wie zwei halb geöffnete Torflügel gestatteten links zwei riesengroße Felsbrocken einen Blick auf das schimmernde, von Gischt gesäumte Blau. Rechts bewegten sich winzige Menschen am sandigen Boden eines gigantischen Steinkessels, in dem das Meer einen kleinen See gelblich schimmernden Wassers zurückgelassen hatte.

„Toll, einfach fantastisch!"

Ullas Stimme überschlug sich vor Begeisterung. Zwischen einzelnen Filmsequenzen des Naturschauspiels küsste sie KH immer wieder: „Wie gut, dass du unbedingt hierher wolltest!"

Sie untersuchte die Felsen genauer und entdeckte eine Menge Höhlen, zum Teil auf ihrer Höhe, zum Teil auch weit über ihnen.

„Schau mal, KH", sie deutete auf einen schmalen, tief in den Berg hineinführenden Einschnitt, „ideale Verstecke für Schmuggelgut in früheren Zeiten."

„Wieso in früheren Zeiten?", fragte KH. „Auch heute dürften geübte Kletterer kein Problem haben, hier Diebesgut unauffindbar zu verstecken."

Ulla stimmte ihm zu.

Dann sammelte sie glattgeschliffene, farbige Steinchen für Domi und KH fotografierte endlos.

Schließlich machten sie sich auf den Rückweg.

Nach dem hellen Licht im Canyon verlor Ulla in der Dunkelheit des Tunnelanfangs kurz die Orientierung, erblickte dann aber weiter vor sich die Leuchtstreifen.

Hinter sich hörte sie plötzlich einen Aufprall, dann fluchte KH. Sie drehte sich um.

Gegen das Licht des Eingangs sah sie KH am Boden liegen, die Kamera schützend über sich haltend. Eine Familie mit Kindern eilte helfend hinzu. Gemeinsam stützten sie KH, sodass er sich aufrichten konnte.

„Ist was passiert?", fragte sie besorgt.

KH schüttelte den Kopf, rieb aber sein linkes Handgelenk. „Bin nur ausgerutscht, der Boden ist hier so glitschig. – *Gracias*", bedankte er sich bei seinen freundlichen spanischen Helfern.

Ulla blieb an KHs Seite. Als sie seine Hand anfassen wollte, stöhnte er vor Schmerz.

„Lass", quetschte er gequält heraus, „ich fürchte, ich hab' mir nun auch das linke Handgelenk gebrochen. Es fühlt sich genauso an wie damals auf der Eisbahn."

Sie wusste, dass er sich in seiner Jugend beim Schlittschuhfahren eine Fraktur am rechten Handgelenk zugezogen hatte.

Wieder im Hellen angelangt, untersuchte Ulla vorsichtig seine Hand.

Leider schien er recht zu haben: Das Gelenk schwoll schnell dick an, er hielt den Unterarm seltsam verdreht und konnte die Hand nicht richtig bewegen.

Ulla feuchtete Taschentücher mit Mineralwasser an, machte eine kühle Kompresse und versuchte, mit ihrem Schal eine Schlinge zu basteln, um den Arm ruhig zu stellen.

„Ich fahre", sagte sie bestimmt, „trink du bitte immer wieder Wasser, damit du nicht Ohnmacht fällst."

Es ging besser, als sie dachte. Zwar hasste sie Kurven, weil sie den größten Teil ihres Führerschein-Lebens auf norddeutschen schnurgeraden Straßen verbracht hatte, aber mit KHs Hilfe gelang es ihr wider Erwarten schnell, nicht nur die Kurven immer besser zu nehmen. Nach einer Weile machte ihr die Fahrt sogar Spaß.

„Und das Beste ist", erklärte sie KH, „mir kann gar nicht schlecht werden … denn ich muss mich voll konzentrieren. – Bald bist du bei deiner geliebten Schwiegermutter", fügte sie hinzu, um ihn aufzuheitern.

Sie hatten gemeinsam beschlossen, dass Ulla in das Hospital Juan March fahren würde. Erstens kannten sie kein Krankenhaus in der Nähe, zweitens hatten sie dort gute Erfahrungen mit den Ärzten gemacht und drittens konnten sie KHs Untersuchung mit einem Besuch bei Mama verbinden.

Irgendwann machte KH eine Kopfbewegung nach links.
„Da! Aber schau bitte nicht hin. Dort sieht man schwere Fahrzeugspuren und die Bäume sind etwas zerstört. Wahrscheinlich wurde der weiße Mercedes schon geborgen."
Ulla weigerte sich, an die vergangenen Ereignisse zu denken.
„Erzähl mir etwas Nettes", bat sie, „zum Beispiel, wie du Domi und mich im letzten Urlaub filmtest, als er mich austricksen wollte, um allein ans Meer zu kommen."
KH tat ihr den Gefallen. Aber seiner Stimme merkte sie an, dass er große Schmerzen hatte.

★★★

In der Notaufnahme warteten viele Patienten.
KH und Ulla mussten sich gedulden, bis endlich Röntgenaufnahmen gemacht wurden.
Sie ließ KH kurz allein und fand ihre Mutter fröhlich schwatzend im Flur mit einer anderen Frau.
„Versteht sie dich denn?", wollte Ulla wissen, als die Señora sich als Mallorquinerin entpuppte.
„Klar", Mama winkte ab, „sie kennt Port d'Alcudia und ich erzähle ihr vom schönen Strand und nutze meine Hände zum Dolmetschen. Notfalls kann uns Pedro helfen."
„Wer ist Pedro?", fragte Ulla verblüfft.
Mama grinste verschmitzt: „Mein netter junger Polizist."

Dann folgte sie Ulla in die Notaufnahme und ließ sich auch von einer strengen Krankenschwester nicht abhalten.

„*Uno momento*", sagte sie, „nur *uno momento*. Schwiegersohn Hand kaputt."

Sie verzog ihr Gesicht schmerzerfüllt und deutete stöhnend auf ihr Handgelenk.

„Schwiegermama muss trösten. Bald alles wieder gut."

Ohne weitere Umstände ließ sie die verdutzte Krankenschwester stehen und eilte auf KH zu.

Ulla war erstaunt und zufrieden, wie fit ihre Mutter schon wieder wirkte.

Mama küsste KH freudig. „Jetzt bleibst du erst mal hier", erklärte sie. „Du wirst hier gut versorgt."

Als die Krankenschwester sich ihr drohend näherte, verabschiedete sie sich schnell von KH: „Ich warte draußen. Bis später!"

Hoch erhobenen Hauptes schritt sie würdevoll an der Krankenschwester vorbei, ohne sie eines Blickes zu würdigen.

★★★

Leider hatte der Röntgenarzt keine guten Nachrichten. Wenn KHs Handgelenk nicht auf Dauer in seiner Funktion eingeschränkt sein sollte, musste eine Operation erfolgen.

„Kein Problem, ein kleiner Eingriff. Nach ein paar Stunden sind Sie dann wieder fit und können aus dem Krankenhaus entlassen werden. Leider, leider haben wir derzeit viel dringlichere Notfälle. Wir können Sie nicht sofort operieren. Aber vielleicht am späten Nachmittag."

Als KH und Ulla sich im Flur berieten, erschien Mama – hinter sich den jungen Polizisten.

Dieser teilte Ulla mit, dass Kollegen von ihm im Hotel auf sie warteten. Sie brauchten weitere Informationen, um gegebenenfalls Haftbefehle gegen Miguel Hernandez und John Mudgham ausstellen zu können.

Ulla zögerte.

Einerseits wollte sie auf keinen Fall KH allein lassen. Andererseits erschien es ihr wichtig, dass ein mögliches Verbrechen an Gisa und vielleicht auch am Immobilienhändler so schnell wie möglich aufgeklärt würde.

Außerdem sollte Mama sich auch ohne Polizeischutz sicher fühlen.

KH erriet ihre Gedanken; er nickte ihr zu.

„Fahr", ermunterte er sie. „Wer weiß, wie lange ich hier noch auf die OP warten muss. Und Mama leistet mir gute Gesellschaft."

„Natürlich, mein lieber Schwiegersohn", sie tätschelte seine gesunde Hand, „und dann haben wir auch noch Pedro, falls uns langweilig ist."

Ulla kannte das listige Glitzern in den Augen ihrer Mutter.

Armer Pedro! Wahrscheinlich hatte sie mit ihrem beiläufigen, netten Altfrauen-Geplauder schon längst den aktuellen Stand der Ermittlungen aus ihm herausgelockt.

KH schmunzelte; offenbar hatte er den gleichen Gedanken.

„Ja, ein bisschen mit Pedro zu reden, ist sicher nützlich. – Außerdem wäre es angenehm, wenn du mir saubere Kleidung besorgen könntest."

Er küsste sie fest. „Mach dir keine Sorgen, Liebes. Es ist nur ein Handbruch. Fahr! Aber fahr vorsichtig!"

★★★

Im Büro des Hotelmanagers, der sich zur Übersetzung bereit erklärt hatte, warteten „ihre" Polizisten, der jüngere und der mittelalte, die sie schon zuvor befragt hatten.

Dieses Mal wies ihre Uniform für alle Gäste sichtbar aus, dass sie in offizieller Mission anwesend waren.

Bevor sie ihre Fragen zu Gisa stellten, beruhigten sie Ulla.

Gisa war außer Lebensgefahr, aber noch nicht vernehmungsfähig. Offenbar war sie lange Zeit bei Bewusstsein gewesen, wohl auch weil sie viel Wasser getrunken hatte – leere Mineralwasserflaschen lagen in ihrer Nähe.

Auf ihrem Schoß war ein Handy sichergestellt worden, das Ulla als das Handy ihrer Mutter identifizierte. Die Polizei hatte es schon untersucht.

Ja, Ulla kannte die Nummer der Person, die angerufen hatte.

„Meine Tochter", erklärte sie, „sie hat versucht, ihre Oma zu erreichen."

Anscheinend war Gisa lange Zeit klar genug gewesen, Anrufe entgegen zu nehmen, aber sie hatte nicht sprechen können.

Ulla erläuterte der Polizei, wie auch sie ein Röcheln vernommen hatte.

Die Polizisten hatten bereits Gisas Hotelzimmer durchsucht. Das Ergebnis teilten sie Ulla nicht mit.

Anna-Maria stand aufgeregt neben den beiden.

Sie hatte zu Protokoll gegeben, dass außer einer grün-weiß-rot gestreiften Reisetasche, die auf der Kofferablage gestanden hatte, nichts fehlte.

„Bitte, Señora", sie wandte sich fast flehentlich an Ulla, „ich guter Room-Service. Ich nicht sehen nicht in Schränke. Deshalb: nicht wissen, was fehlt. Und Zimmer unordentlich. Immer unordentlich."

Ihre Stimme nahm einen schrillen Ton an. Ulla beschlich daher das Gefühl, dass Anna-Maria nur die halbe Wahrheit sagte. Der Kopf des jungen Gärtners erschien am Fenster. Er schnitt offenbar rein zufällig die Büsche direkt daneben.

Ulla bestätigte, dass Gisa „wenig Wert auf herkömmliche Ordnung" gelegt habe. Auch lobte sie die zuverlässige Arbeit Anna-Marias, obwohl sie eigentlich keine Ahnung hatte, denn diese war nicht für ihre Etage zuständig.

Anna-Maria beruhigte sich und auch die Gartenarbeit schien wieder aufgenommen zu werden.

Die Polizisten konzentrierten ihr Interesse auf den Erwerb des Kinderporträts und Gisas finanzielle Situation.

Dank an Hilde und Mehdi, dachte Ulla, als sie glaubhaft Auskunft geben konnte. Ebenso konnte sie ein scharf umrissenes Charakterporträt ETAs beisteuern.

Die Polzisten nickten wiederholt; offenbar waren sie zu ähnlichen Schlussfolgerungen gelangt.

Neu war ihnen ETAs Versuch, sich als Schriftstellerin einen Namen zu machen. Sie schauten sich vielsagend an.

Anschließend erfragten sie, was ihre Mutter vom Unfall und dem vorherigen Aufenthalt in Valdemossa erzählt hatte.

Anscheinend sahen sie einen Zusammenhang.

„Nichts", Ulla war froh, dass sie heute Nachmittag nicht mehr mit Mama darüber gesprochen hatte, „wirklich nichts. Meine Mutter war zuerst bewusstlos und konnte nicht sprechen. Dann durfte ich auf ärztliche Anordnung nicht mit ihr über diese traumatische Situation reden. Und heute, seitdem es ihr besser geht, stand für uns die Sorge um meinen Mann im Vordergrund." Sie erzählte von KHs Unfall.

Was sie über John Mudgham und Miguel Hernandez wisse?

Ulla gab wieder, was ihr die Gordon-Geschwister über John Mudgham erzählt hatten. Die Polizisten nickten etwas ungeduldig – offensichtlich nichts Neues für sie.

„Über Miguel Hernandez weiß ich nichts. Wie gesagt, ich konnte noch nicht mit meiner Mutter darüber reden. Aber", Ulla hatte einen Einfall, „hier im Hotel sind zwei alte Damen, die sich mit meiner Mutter, Frau Gordon und Frau Schmitz angefreundet haben. Sie wissen ziemlich gut Bescheid. Vielleicht könnten diese für Ihre Ermittlungen hilfreich sein. – Ich vermute …"

Ulla ging zur Tür und warf einen Blick in die Lobby. „Ja, richtig. Dort drüben sitzen die beiden. Sie schauen sich die Ausflugsprospekte an. Da, die Weißhaarige guckt zufällig hierher", Ulla winkte ihr fröhlich zu. „Ich denke, die beiden geben gern Auskunft. Sehr gern."

Als die Polizisten in der Lobby die älteren Damen höflich baten, ihnen für ein paar Informationen ins Büro des Managers zu folgen, hatte Ulla im Vorbeigehen den Eindruck, dass ihr die beiden Alten dankbar zuzwinkerten.

Ulla schämte sich ein bisschen über ihre Schadenfreude, als sie sich die Ungeduld der beiden Polizisten vorstellte, wenn sie nach einer Stunde immer noch nicht Feierabend machen konnten.

15

Annäherung

KH rief an.

Seine Stimme klang schläfrig. „Liebes, die OP ist vorbei. Alles in Ordnung. Der Arzt sagt, es war nur eine kleine Korrektur nötig. – Nein, ich habe keine Schmerzen. Mir geht's gut. – Nein, bitte, Liebes, komm heute nicht mehr vorbei. Ich will jetzt schlafen. Und ich würde mir nur Sorgen machen, wenn du jetzt fährst."

Ulla kannte ihn gut genug, um zu wissen, dass er die Wahrheit sagte und nicht nur vorhatte, ihr die Fahrerei zu ersparen.

Sie kündigte an, ihn gleich morgen früh nach dem Frühstück abzuholen.

„Aber, Kalli, dann schlaf jetzt auch wirklich. Und lass dich nicht von Mama vollquatschen. Wimmele sie ab, wenn sie redselig wird. Versprich es."

KH versprach es.

„Gute Besserung, Kalli. Bis morgen. Schlaf dich gesund. Ich liebe dich."

„Und ich dich!"

Symbolische Küsse durchs Telefon; dann war Ulla allein.

Sie fühlte sich hilflos und verworren. Ein Spaziergang am Meer würde ihr guttun.

Vorher rief sie Hilde und Mehdi an und informierte sie über das Wesentliche. Nein, bitte keine Sorgen um KH machen, nur ein recht unkomplizierter Bruch. Gute Prognosen für Gisa – gesundheitlich.

„Und sonst?"

Ulla fühlte sich unschlüssig.

„Es sieht so aus, als ob sie für das Schmuggeln gestohlener Gemälde vorgesehen war. – Wie? KH vermutet, dass man ihr die heiße Ware in den Koffer packen wollte – oder sogar schon gepackt hat." Ulla musste unwillkürlich an die vermisste Reisetasche denken.
„In Deutschland hätte der ‚Freund‘ sie dann besucht und sich das Gemälde wieder angeeignet. – Soweit KHs Theorie", fügte sie schnell hinzu, als Hilde anfing, diese Möglichkeit zu diskutieren.
„Vielleicht warnt ihr Ruth, dass sie gegebenenfalls wegen des Geldes befragt werden könnte", riet sie. „Und, falls ihr irgendwelche Päckchen mit Gisas Absender aus Malle bekommt, gebt sie am besten sofort an die Polizei!"
Die Stimme ihrer Schwägerin klang entrüstet: „Ulla, wir sind doch nicht blöd!"

★★★

Mama bzw. Oma geht es gut. Sie spricht wieder und bezirzt Polizisten. Bis bald liebe Grüße Ulla bzw. Mama und KH.

Diese SMS schickte sie an ihre Kinder, ihre Schwester, ihre Nichte und ihren Neffen. KHs Unfall sparte sie aus. Sie hatte keine Lust auf lange sorgenvolle Telefonate.

★★★

Als sie sich auf den Weg zum Strand machte, überwältigte sie das Gefühl, unangenehme Blicke würden sich in ihren Rücken bohren. *Jetzt fang bloß nicht an, zu spinnen*, dachte sie, *jetzt, wo alles vorbei ist.* Alles vorbei?
Noch wusste man nichts über die verschwundenen Männer.
Sie dachte an KHs Zahlenspielereien. Immerhin hatte sich die Zahl der Vermissten reduziert: Abgesehen vom Gemälde, fehlten nur noch drei Männer: der englische Fahrradfahrer, der Immobilienmakler (und eventuelle Kunsthehler) John Mudgham sowie ein nicht weiter bekannter Miguel Hernandez.

Niemand hatte bisher einen Zusammenhang zwischen dem Sportler und den beiden anderen gesehen.

Und dennoch stellte Ullas Unterbewusstsein eine Verbindung her.

Aber welche? Vom Sportler zum Immobilienhändler?

Sie kramte in ihrem Gedächtnis.

So sehr sie sich auch anstrengte, Möglichkeiten zu finden, es gab keinerlei Hinweise, dass der vermisste Fahrradfahrer oder sein Team irgendetwas mit Grundstücken oder Gemälden zu tun hatte.

Es gelang ihr auch nicht, sich eine Beziehung zwischen Miguel Hernandez und dem Sportler vorzustellen. Dazu wusste sie viel zu wenig von den zweien.

Aber die Freundin des Sportlers? Kam sie für eine Verbindung oder einen Kontakt in Frage?

Ulla rief das Gespräch mit der jungen Engländerin in ihrer Erinnerung auf.

Viel Trauer, große Verzweiflung, jede Menge Unklarheiten, aber keine Verbindung zu Kunst oder Immobilienmarkt.

Das einzige …

„Wo ist sie eigentlich?", Ulla ertappte sich dabei, wie sie diese Frage laut an die Wellen stellte.

Es stimmte, sie hatte die junge Frau seit einem Tag nicht mehr gesehen.

Zwar waren KH und sie sehr beschäftigt und abgelenkt gewesen, aber dennoch. Sie hätten die junge Frau sicher bemerkt beziehungsweise die Sportlerin hätte sich ihnen genähert, wenn sie anwesend wäre.

Bitte, keine neue Vermisste!

Ulla drückte sich fest beide Daumen.

Die noch warme Nachmittagssonne verführte sie dazu, ihre Schuhe auszuziehen.

Sie ärgerte sich, dass sie es noch nicht geschafft hatte, ihre Fußnägel zu lackieren. Als sie die Hosenbeine aufkrempelte, stellte sie fest, dass auch ihre Beine eine Rasur vertragen könnten.

„Scheiß drauf!" Dieser Spruch aus Zeiten der Pubertät brachte Ulla zum Lächeln. Sie sagte ihn gleich noch zweimal, weil er Lasten von ihr nahm. „SCH … drauf!"

Erleichterte stapfte sie am sich stetig verändernden Saum zwischen Strand und Meer durch das klare Wasser, in dem sich die Sonne brach.

Der Spaziergang tat ihr gut. In der Ferne erblickte sie Boote, wahrscheinlich Fischer. Dort draußen hatte die Polizei vor ein paar Tagen die Cognacflaschen und ETAs Perücke aus den Fluten geborgen – auch das geheimnisvolle Buddelschiff mit der Notiz „Mord".

Mamas abschätzige Bemerkungen kamen ihr in den Sinn.

Unsinnige Aktionen ETAs zur Selbstinspiration als Schriftstellerin.

Das war es doch, was Mama gesagt hatte, oder?

Durch einen Blick auf den weiten Horizont versuchte Ulla, ihre Gedanken zu klären.

Mamas Stimme klang an ihr Ohr.

Versetz dich doch mal in ihre Lage. Skandal. Gut im Roman verarbeiten. Genau dieselbe Geschichte hat sie mit dem Sportler gemacht.

ETA? War ETA die Verbindung zwischen den Vermissten?

Ulla ging geistesabwesend ein paar Schritte ins Meer hinein.

Der Zusammenstoß zwischen ETA und dem Fahrradfahrer beim Abendessen, von dem die beiden Alten erzählt hatten, konnte inszeniert gewesen sein.

War höchstwahrscheinlich inszeniert – das würde zu ETAs theatralischem Talent passen.

Nach diesem dramatischen Vorfall war der Sportler verschwunden. Behaupteten jedenfalls die alten Damen.

Selbst wenn dies stimmte – warum spielte der Sportler bei ETAs wirren Fantasiespielen mit?

Was hatte er davon?

Wollte er sich an seiner Teamleitung rächen, die ihn nicht für die Rallye nominiert hatte?

Hatte ihn das Heimweh nach der Insel seiner Geburt übermannt und er wollte deshalb nicht nach England zurückkehren?

Oder war er einfach ein bisschen exaltiert, hysterisch wie ETA und sah in ihr eine Seelenverwandte, deren Launen er folgte?

Eigentlich war alles möglich.

Gleichzeitig mit dieser Erkenntnis bemerkte Ulla, dass ihre Jeans inzwischen von dem auflaufenden Wasser umspült wurde.

Ernüchtert schaute sie sich um.

Nicht weit hinter ihr befand sich die Baustelle – das deutsch-spanisch-russische Bauprojekt.

Hatten die beiden Alten nicht gesagt, dass Mama und der Gärtner das Grundstück daneben heimlich betreten hatten?

War das vielleicht gar nicht heimlich geschehen? Sondern handelte es sich hier vielleicht um das von Mama benannte Grundstück ETAs?

Ulla atmete tief aus.

Hatte hier nicht der junge Hund die Frauenhaare und die Damenkleidung aus einem Loch hervorgezerrt?

Sie hatte diesen Vorfall bewusst in ihr Unterbewusstsein verbannt, um nicht noch mehr belastet zu werden.

Aber vielleicht lag hier der Schlüssel zur Lösung!

Zielstrebig stapfte sie zu einer Bank vor dem Baugrundstück. Sie trocknete ihre Füße mit einem Papiertaschentuch und zog ihre Socken an. Als sie ihre Schuhe zuschnürte, stellte sie fest, dass irgendjemand, als der Zement des Untergrundes noch frisch und feucht war, ein Herz und einen Penis hinein geritzt hatte.

Nun waren diese Symbole für immer fest betoniert.

Sie nahm dies als ein gutes Zeichen.

Was auch immer du jetzt auf dem Grundstück sehen wirst – es handelt sich um Liebe und nicht um Mord.

Nachdem sie sich so selbst Mut zugesprochen hatte, stieg sie gestärkt über die Mauer neben dem Loch, das ihr damals der kleine Hund gezeigt hatte.

Zu ihrer eigenen Überraschung wirkte das Grundstück belebt, obwohl auf den ersten Blick keine Veränderungen sichtbar wurden. Die Schlagläden verschlossen immer noch die Fenster; die Gartenmöbel auf Balkon und im Garten befanden sich wie zuvor verhüllt in der alten Position.

Aber im Souterrain …

Ulla hatte den Eindruck, dass die Veränderungen vom Unterge-schoss ausgingen. Tatsächlich – die Schlagläden waren nur an-gelehnt.

Hinter einem Strauch verborgen entdeckte Ulla einen kleinen Wäscheständer mit frischgewaschener Herren-und Damenwäsche.

Vorsichtig näherte sich Ulla.

In dem sichtbaren Fensterspalt hinter den Schlagläden nahm sie eine Bewegung wahr. Sie sah, wie ein Männerarm eine Frau an sich heranzog. Zwei Gesichter lagen aufeinander, schienen sich zu küssen.

Dann drückte die linke Hand den Frauenkörper enger an sich.

Nein, es war keine Hand, sondern eine Prothese!

Ulla saugte hörbar die Luft ein.

Die Frau löste sich abrupt von ihrem Partner und drehte sich mit entsetzt geweiteten Augen zu ihr.

Als sie Ulla erkannte, entspannte sie sich.

Langsam legte sie den Zeigefinger auf die Lippen und sah Ulla bittend an.

Nicht verraten!

Es war die junge Engländerin.

Ulla zog sich langsam und möglichst geräuschlos zurück.

★★★

Als sie den Hotelgarten betrat, hustete es neben ihr.

Im Schatten eines Strauches erblickte sie den jungen Gärtner, der Alpenveilchen einsetzte. Er machte ihr ein Schweigezeichen und zeigte mit dem Kinn verstohlen zu einem Gerätschuppen.

Möglichst unauffällig bewegte Ulla sich dorthin.

Am Eingang angelangt, nahm sie sich ein Beispiel an ihrer Mut-ter. Diese zeigte nie Scheu, als harmlose Touristin getarnt ver-botenes Terrain zu erkunden.

Ulla versuchte, Mamas Arglosigkeit nachzuahmen, die lässige Zu-fälligkeit, mit der diese an Orte gelangte, die eigentlich nicht für sie bestimmt waren. Allenfalls würde sie sich nicht angebrachte Neugier nachsagen lassen, falls sie jemand ertappte.

Im Schuppen fand sie eine verweinte Anna-Maria und – zu ihrem großen Erstaunen – den Portier der ersten Tage, Xavier.

Der junge Gärtner schloss die Tür hinter sich und stellte sich hinter Anna-Maria, den Arm beschützend um sie gelegt.

Ulla sah sich in ihrem Gefühl bestätigt, dass die beiden ein Paar waren.

Es war Xavier, der das Gespräch eröffnete.

„Señora, alles tut uns leid. Wir hoffen, Ihrem Mann und Ihrer Mutter geht es gut."

Ulla nickte. Worauf lief dies alles hinaus?

Xavier legte seine rechte Hand auf sein Herz.

„Es tut mir leid. Ich hätte Miguel abhalten müssen, … Señora Gordon … sich mit Señora Gordon … zu befreunden. Aber Miguel ist ein guter Bekannter von zu Hause. Von Spanien. Sein Sohn spielt im selben Fußballclub wie mein Junge auf dem Festland. Ich wusste: Miguel ist in Geldnot. Seine Familie in Spanien ist arm. Aber ich dachte nicht, dass es Katastrophe werden würde."

Xavier schaute sehr betrübt und wiederholte mehrfach „*catastrofe*".

Er war erleichtert, als Ulla ihn bestärkte: „Nein, Sie trifft keine Schuld. Schließlich sind das alle erwachsene Menschen."

Dadurch schien Anna-Maria Mut zu schöpfen. Sie schniefte entschlossen in ein Taschentuch, das der junge Gärtner ihr hinhielt. Dann zog sie aus ihrer Schürze einen zerbrochenen, aber kunstvoll geschnitzten Bilderrahmen aus Holz hervor, dessen Bögen und Zacken reich vergoldet waren.

„Bitte", sagte sie, „gefunden in Haufen in Zimmer von Señora Schmitz. Mit schmutziger Unterwäsche und sauberen T-Shirts. Und leerer Zahnpasta-Tube. Ist kaputt. Warum nicht mitnehmen? War Müll."

Sie schaute Ulla beschwörend an.

Ulla entschied sich zu einem weiteren zustimmenden Nicken.

177

Warum sollte sie den moralischen Zeigefinger über Anna-Maria schwingen?

Als Room-Service erlebte sie höchstwahrscheinlich allerlei Zumutungen, die ihr Touristen gedankenlos zufügten. Und vermutlich fand sie jede Menge gut erhaltener Gegenstände, die Reisende als Müll entsorgten.

Wenn sie nun ihren geringen Lohn durch einen antiken, zwar kaputten, aber offenbar wertvollen Bilderrahmen hatte aufbessern wollen – wer wollte sie tadeln?

Ulla sicherlich nicht.

„Alles okay", erklärte sie bestimmt. „Einen Fund aus dem Müll dürfen Sie behalten!"

Sie war sich zwar rechtlich nicht sicher, fand aber ihre Aussage moralisch gerechtfertigt.

„Trotzdem sollten Sie die Polizei informieren. Weil es um Kunstraub geht."

Der junge Gärtner nickte vehement. Anscheinend hatte er diese Sicht bereits mit Anna-Maria diskutiert.

„Ich versuche, die Polizei zu überzeugen, dass Sie den Rahmen behalten dürfen", schlug Ulla vor.

Da stimmte Anna-Maria zu: „Gut. Werde zeigen. Auch sagen: Señor Hernandez hat Bild ohne Rahmen in Reisetasche von Señora versteckt. Als Señora im Bad war – frisch gemacht hat."

Ulla starrte sie verblüfft an. „Woher wissen Sie das?"

Anna-Maria zuckte leicht mit ihren Schultern. „Wollte gerade Room-Service machen. Señor Hernandez beschäftigt. Hat mich nicht gesehen."

Ulla nickte. Ja, das klang glaubhaft – speziell, wenn man das Geschick von Zimmermädchen berücksichtigte, sich unsichtbar zu machen.

Der junge Gärtner schien erleichtert und war seinerseits zu einem Geständnis bereit.

„Sorry", sagte er. „Ich Carlo. Und Señora Elfi liebt *Carlos*. Sie mich fragt: *Carlo, du mir bitte besorgen Carlos*." Er lachte auch im Nachhinein nochmals über das amüsante Wortspiel.

Dann breitete er seine Arme theatralisch aus, legte seine Stirn in Falten und sah Ulla Mitleid erheischend an.

„Señora Elfi alt und im Rollstuhl. Männer keine echten Freunde mehr. Wahrer Freund Carlos. Ich besorgen Carlos. Warum nicht alter Señora Freude machen? Ein bisschen Feuer im Leben?"

Ulla nickte zum dritten Mal zustimmend.

Wahrscheinlich hatte ETA seine Zulieferdienste zudem noch mit einem guten Trinkgeld belohnt.

Das ermutigte den jungen Mann.

„Señora Elfi viel *imaginacion*. Viel Fantasie, viel Spaß. Fahrradfahrer auf Grundstück versteckt. Ihr Grundstück. Als Frau. In Kleidern. Mit Perücke. Lustig."

Er lachte in der Erinnerung.

Anna-Maria stimmte ein.

Der Portier Xavier blickte eher unglücklich.

***

Unter ihrer Zimmertür fand Ulla einen kleinen Zettel.

Please, don't tell anybody. We are busy planning a new future. Ms Gordon gave us permission to stay in her house. We'll leave as soon as she tells us to leave. Please, give us a chance. Best wishes Nancy and Simon.

Sie fühlte sich todmüde.

Nein, natürlich würde sie ein junges, verliebtes Paar nicht verraten. Falls ETA denn den Aufenthalt in ihrem Haus erlaubt hatte. Das musste sie sicherstellen. Und wahrscheinlich musste die Polizei einen Hinweis erhalten, dass die Suche nach dem verschollenen Fahrradfahrer eingestellt werden konnte.

Aus der Minibar fischte sie sich Chips und eine kleine Flasche Rotwein. Während sie dies vertilgte, glotzte sie Sotchi, ohne etwas wahrzunehmen.

Dann kroch sie ins Bett und schlief tief und traumlos.

***

KHs Anruf weckte sie kurz nach 8.00 Uhr.

„Keine Sorge, mir geht es gut." Seine Stimme klang etwas matt, aber sehr ruhig.

„Hast du schon gefrühstückt, Liebes? Dann mach es schnell. Und komm anschließend sofort. Aber fahr vorsichtig. Mehr kann ich nicht sagen."

Dann machte er eine kurze Pause und senkte seine Stimme.

„Die Leiche ist gefunden."

16

Gelöst

Den beiden alten Damen, die ihr beim Frühstück Gesellschaft
leisten wollten, erklärte Ulla, sie habe fürchterliche Kopfschmerzen und könne nicht reden.
Die zwei musterten sie scharf, dann lächelten sie zuckersüß und
verständnisvoll. Sofort zogen sie sich in eine andere Ecke zurück,
in der sie sich flüsternd austauschten.
Es war klar: Sie glaubten Ulla kein Wort.

Zwischen Kaffee und Käse versuchte Ulla, KHs Worte zu deuten.
Hatte er spöttisch geklungen und damit angezeigt, dass die
angebliche Leiche nur in Mamas Fantasie existierte und sich
als etwas ganz Harmloses, zum Beispiel ein Baumstamm, ent-
puppt hatte?
Oder hatte seine Stimme versucht, eine äußerst ernste Situation
sehr ruhig darzustellen, damit sie sich nicht beunruhigte? Hatte etwa dieser junge Polizist, Pedro, aus Mama das Versteck der
Leiche und ihre Beteiligung daran herausgequetscht?
Oder hatte KH nur einfach sachlich und normal die Tatsache
mitgeteilt, dass eine Leiche gefunden wurde, ohne einen – von
ihr vermuteten indirekten – Hinweis darauf, dass Mama damit
in Zusammenhang gebracht wurde?

So sehr sie auch grübelte, sie fand keine Lösung. Und KH wür-
de am Telefon keine weiteren Auskünfte geben – das war klar.
Also beeilte sie sich.
Bevor sie losfuhr, gab sie einen verschlossenen Umschlag direkt
beim Hotelmanager ab. Er möge bitte sofort veranlassen, dass die
Polizei den Brief erhalte. Er versprach es.

Der vermisste englische Radsportler befindet sich in Sicherheit. Er hält sich bei Freunden auf Mallorca auf. Er hat mit den anderen Vermissten und dem Kunstraub nichts zu tun. Er hat sich aus privaten Gründen von seinem Radteam getrennt. Er braucht etwas Zeit. Danach wird er der Polizei für eventuelle Befragungen zur Verfügung stehend.

Mit freundlichen Grüßen

Ulla Wokkel

Sie hoffte, dass diese Notiz die Nachforschungen der Polizei begrenzen und dem jungen Paar mehr Freiraum verschaffen würde. Gerade als sie den Zündschlüssel umdrehte und den Wagen startete, klopfte jemand an ihre Scheibe.
Ulla fuhr entsetzt zusammen. Das Auto machte einen Satz nach vorn, zwei Personen sprangen fluchtartig zur Seite. Dann verstummte der abgewürgte Motor.

Erschrocken und verärgert zugleich stieg Ulla empört aus, knallte lautstark die Fahrertür hinter sich zu und ging vehement auf das Berliner Paar zu.
Beide entschuldigten sich sofort.
Sie hatten sich vor ihrem Rückflug nur von Ulla verabschieden und sich entschuldigen wollen.
„Es tut uns leid, dass wir Unannehmlichkeiten bereitet haben. Wir bitten um Verständnis, aber …", er stockte, „aber es kam plötzlich alles so überraschend. Meine Mutter … in völlig desolatem Zustand … aus einer Anstalt."
Er verstummte.
Es war seine Frau, die resolut die Erklärung fortsetzte.
„Bitte, verstehen Sie uns, Frau Wokkel. Wir hatten seit Jahren nur wenig Kontakt zu Georges Mutter. Dann kam völlig unerwartet ihr beunruhigender Anruf aus Bonn. Wir besuchten sie sofort. Sie war allein in ihrem Haus und fühlte sich verfolgt und bedroht. Georges Geschwister hätten sie im Stich gelassen und steckten möglicherweise mit dem Verfolger unter einer Decke.

Sie war völlig konfus. Wir nahmen sie mit nach Berlin. Unser Arzt wies sie sofort in die Charité ein. Wir wussten ja nicht, dass sie sich aus einer Bonner Klinik abgesetzt hatte. Wir schalteten die Polizei ein, aber wir wollten uns auch selbst ein Bild von der Situation machen. Und deshalb haben wir spontan einen Kurzurlaub hier im Hotel gebucht."

Als Ulla geistesabwesend nickte, fuhr George fort:

„Es tut uns leid. Vielleicht hätten wir gleich mit offenen Karten spielen sollen. Aber alles war so undurchsichtig! Wir wussten nicht, wer auf wessen Seite stand. Und wir wollten auf keinen Fall Elfi schaden."

Ulla hob bestätigend ihre Schultern, sie konnte die beiden gut verstehen.

Wie hatte Manuel gesagt: „Du hast eine normale Mutter, Ulla, aber unsere …!"

Sogar mit ihrer normalen Mutter war die Situation völlig undurchsichtig gewesen.

Wie viel schlimmer musste das Chaos sein, wenn eine Frau wie Elvira Realität und Fantasie nicht auseinanderhalten wollte oder konnte.

„Ich hoffe, dass sich nun bald alles aufklärt", wünschte Ulla aus tiefstem Herzen. „Vermutlich haben Jenny, Manuel und Elmar alles ausführlich berichtet, soweit sie Bescheid wissen."

Beide nickten.

„Ja, die Geschwister haben sich ausgesprochen und wieder zueinander gefunden", die Berlinerin seufzte erleichtert. „Das ist das wirklich Gute an dieser verworrenen Geschichte."

Da die Zeit drängte, verabschiedeten sie sich schnell.

„Bitte grüße … grüßen Sie …", George war schon wieder durcheinander, dieses Mal offenbar wegen der Du-Sie-Frage.

Ulla lächelte ihn entwaffnend an. „Eigentlich sind wir verwandt, wenn auch entfernt und alte Kinderfreunde. Also: Du. – Kommt gut nach Hause. Und alles Gute für ETA."

„Wir würden uns freuen, wenn ihr uns mal in Berlin besucht, wenn sich alles geklärt hat!" George nickte zustimmend zur Einladung seiner Frau.

Versöhnt und dankbar nahm Ulla Abschied: „Tschüss! Bis irgendwann mal in Berlin!"

Sie öffnete die Autotür, dann fiel ihr noch etwas ein.

Sie kramte einen Zettel aus ihrer Handtasche.

„Hier – in ETAs Haus befindet sich der vermisste Fahrradfahrer. Mit seiner Freundin. Sie behaupten, ETAs Erlaubnis zu haben. Vielleicht klärt ihr das mit ihr. Und schaltet gegebenenfalls die Polizei ein."

Sie verabschiedete sich nochmals und setzte sich ans Steuer.

Die beiden winkten ihr kurz aus sicherer Entfernung zu, als Ulla den Wagen startete.

Im Rückspiegel sah sie, wie die beiden in den gelben Citroën einstiegen.

Das Zitrönchen, dachte Ulla fast zärtlich, *die Furcht, dass es sich um ein Verfolgungs-Fahrzeug handelt, ist nun unnötig!*

Dann fuhr sie sehr, sehr vorsichtig ins Hospital Juan March.

KH erwartete sie bereits am Eingang des Parkplatzes.

Er sah blass aus, aber winkte sofort erleichtert mit der gesunden Hand. Der linke Unterarm steckte mit dickem Verband in einer Schlinge.

„Gut, dass du da bist, Liebes!" Er küsste sie direkt auf den Mund und Ulla fühlte, wie tausend Steine von ihrem Herzen purzelten.

Bevor sie etwas sagen konnte, flüsterte KH ihr ins Ohr: „Der Tote wurde erschlagen – mit einem stumpfen Gegenstand. Aber ob unser junger Freund uns dies bereits sagen durfte, ist fraglich."

Sein Kinn deutete zur Seite. Als Ulla ihren Kopf drehte, sah sie Mama mit „ihrem" Polizisten Pedro auf sich zukommen; im Hintergrund folgten die beiden Uniformierten, die sie bereits gut aus dem Hotel in Port d'Alcudia kannten.

Minuten später befanden sie sich alle in einem kleinen Schwesternbüro.

Die beiden älteren Polizisten saßen hinter dem winzigen Schreibtisch; der jüngere von beiden tippte eifrig in ein Laptop. Ihnen gegenüber befanden sich KH, Mama und Ulla. Beide hatten Mama in die Mitte genommen. Pedro ging am Kopfende auf und ab und übersetzte.

Fürsorglich hatte er ihrer Mutter eine Flasche Mineralwasser und ein Glas hingestellt.

Als erstes fragte KH nach einem Rechtsbeistand.

„Non, non, non!", Pedro schien empört, aber auch die beiden anderen Uniformierten hoben abwehrend die Hände.

Señora stand unter keinerlei Verdacht. Auf keinen Fall.

In dem Gespräch, das sie jetzt miteinander führen würden, waren sie nur Zeugen. Besonders *veja Señora*. Die alte Dame. Nur Zeugin. „*Solamente testigo*. Only witness.", der junge Polizist sagte es sicherheitshalber nochmal auf Englisch.

Wie selbstverständlich nickte Mama mit dem Kopf. Sie hatte offenbar nichts anderes erwartet.

KH bat ins Protokoll aufzunehmen, dass es sich nur um eine Zeugenbefragung handelte. Dies geschah.

Dann berichtete Mama.

Sie und Frau Gordon hatten Frau Gisela Schmitz in der Seniorenresidenz kennengelernt. Eigentlich eine passable Unterkunft, aber für die Ansprüche von ETA – sie verbesserte sich: Frau Gordon – nicht gut genug. Also Umzug ins Hotel Bon Aire. Dort lernten sie Herrn Hernandez kennen.

„Beziehungsweise: Herr Hernandez bemühte sich sehr, Frau Gordon kennenzulernen."

Mama erzählte von Einladungen zu Sekt und einem Ausflug der beiden in die Finca Sa Bassa. Dort trafen sie dann auch den Besitzer. „Nein", verbesserte sie sich, „es war nicht der Besitzer. Aber das merkten wir erst später. Es war ein guter Freund des Besitzers – jedenfalls hat er das behauptet. Er war ein Kunstkenner und Kunsthändler. Außerdem Immobilienmakler. Frau Gordon war davon sehr angetan. Sie traf viele Grundstücksmakler. Sie wollte sich nämlich ein Haus auf Mallorca kaufen."

Hier hakte der ältere Polizist ein.

Señora habe doch gesagt, Señora Gordon sei mit Señor Hernandez nach Sa Bassa gefahren. Wieso sprach sie nun von „wir"?

Ulla schaute ihre Mutter verstohlen an und merkte, wie diese leicht errötete.

Nun ja, es sei Frau Schmitz' Idee gewesen, ein Taxi zu nehmen und den beiden hinterher zu fahren.

„Frau Schmitz bat mich, sie zu begleiten. Es ging ihr nicht so gut." Offenbar war die Verfolgung Mama peinlich, deshalb brauchte sie eine Entschuldigung.

Ab dann hätten sie sich häufig zu fünft getroffen.

Ob dies von Señora Gordon gutgeheißen wurde, wollte der Polizist wissen.

Wegen seiner mangelnden Menschenkenntnis warf Mama ihm einen mitleidigen Blick zu.

„Wie kann eine Frau, die gern im Mittelpunkt steht, es gut finden, wenn auch andere Frauen beachtet werden? – Also: Erst einmal fand es Frau Gordon nicht gut. Vor allem nicht, als wegen des Porträt-Kaufs Frau Schmitz so viel Aufmerksamkeit bekam."

„Dann aber", nach einem kurzen Schluck aus dem Glas fuhr sie fort, „dann aber renkte sich alles ein. Frau Gordon konnte mit ihrem Kunstverstand glänzen und stellte natürlich Frau Schmitz in den Schatten. Es war die Rede davon, dass auch sie ein Kinderbild erwerben wollte. Außerdem kaufte sie auch das Grundstück. Oder zahlte es wenigstens an."

„Am Strand von Port d'Alcudia?"

Offenbar wussten die Polizisten durch die Gordon-Geschwister Bescheid.

Mama nickte: „Also stand Frau Gordon wieder voll im Mittelpunkt. Aus ihrer Sicht war alles bestens. Zumal sich auch die Sache mit dem Sportler so gut entwickelte."

Schon beim Übersetzen merkte man Pedros Stimme an, dass dies offenbar eine seltsame Aussage war.

„Die Sache mit dem Sportler? Welche Sache mit dem Sportler?"

Der ältere Polizist zog seine Augenbrauen hoch.

Mama nahm einen weiteren Schluck Wasser und erklärte geduldig:

„Na ja, im Hotel befanden sich doch die Rallye-Teams. Frau Gordon in ihrem Rollstuhl hatte natürlich schnell Kontakt zu den behinderten Fahrern. Sie fühlte sich wie eine von ihnen."

Mamas leicht verzweifelter Blick gen Zimmerdecke verführte Ulla zu der Idee, dass ETA möglicherweise mit dem Gedanken gespielt hatte, als Senioren-Rollstuhlfahrerin sportliche Berühmtheit zu erlangen.

Tatsächlich.

„Sie hatte die Idee, ein Tandem zu gründen. Mit dem armamputierten Fahrradfahrer. Gott sei Dank, konnte ich ihr das ausreden. Sie sah ein, dass sie sich lächerlich machen würde. In ihrem Alter war es würdevoller, als Schriftstellerin und Kunstsammlerin aufzutreten!"

Mama atmete tief aus.

„Der junge Fahrradfahrer eignete sich auch viel besser als Romanfigur – als Hauptperson in Frau Gordons Roman, an dem sie schrieb. Beziehungsweise: den sie schreiben wollte. Sie kam nicht so recht voran."

Mamas Stimme spiegelte die damalige Frustration und Enttäuschung wider.

Die Polizisten schauten sich verzweifelt an.

Was sollte diese Abschweifung?

Mamas noch glatte Stirn unter den weißen Locken legte sich in tiefe Denkfalten. Sie überlegte kurz, ob es sinnvoll war, Einzelheiten darzustellen. Offenbar hielt sie es für angebracht, denn sie fuhr fort:

„Ich machte ihr den Vorschlag, den Fahrer als tragische Figur in ihrem Roman zu nutzen: Der Team-Chef könnte ihn verstoßen, vielleicht würde ihn sogar seine Freundin verlassen. Vielleicht würde er sogar verschwinden."

Ulla gab einen erstickenden Laut von sich.

KH reichte ihr Mamas Glas und tätschelte beruhigend ihre Hand.

Wahrscheinlich kannte er die Geschichte schon.

Ihre Mutter sah Ulla seltsam an und zuckte mit Schultern.

Mein Gott, Kind, schien ihr Blick zu sagen, *was sollte ich denn machen? Irgendwie musste ich ETA doch zur Ruhe kriegen.* Ohne sich weiter um Ullas Befinden zu kümmern, fuhr sie fort: „Jedenfalls fand ETA – Frau Gordon – die Idee gut. Sie schmückte sie sogar aus. Der junge Mann sollte echt verschwinden. Er war auch dazu bereit – um es seinem Team heimzuzahlen. Also wurde er mit Hilfe des Gärtners in dem von Frau Gordon gekauften Grundstück im Souterrain untergebracht. Als Frau verkleidet."
Ein weiterer Schluck Wasser, dann: „Frau Gordon genoss den Skandal im Hotel. Es wurde getuschelt, dass sie mit ihrer Auseinandersetzung beim Abendessen den jungen Mann so niedergedrückt hatte, dass er aus Verzweiflung verschwand. So stand sie wieder im Mittelpunkt. Und hatte Stoff für ihren Roman."

Ulla kannte einen Teil dieser Darstellung aus den Andeutungen der beiden alten Damen.
Zudem hatte sie den Eindruck, dass Pedros Übersetzung sehr knapp ausfiel. Wahrscheinlich hatten die Polizisten längst den Sportler und seine Freundin ausfindig gemacht und wussten, dass er für den aktuellen Ermittlungsfall keine Rolle spielte. Entsprechend lenkten sie Mamas Gedanken wieder zu den verdächtigen Männern.

Ja, es sei die Idee des Immobilienhändlers gewesen, gemeinsam einen Ausflug mit Übernachtung nach Valdemossa zu unternehmen. Er habe dort eine Villa besessen.
„Beziehungsweise, er hatte den Schlüssel zu einer Villa", stellte Mama richtig. Sie zeigte ein gutes Gespür für Schein und Sein. Die Villa sei „einfach fantastisch" gewesen, mit Antiquitäten und alten Gemälden. Frau Gordon habe sie schon vorher mit Herrn Hernandez von innen besichtigt.
„Aber wir anderen nicht. Es war ein toller Ausflug. Es ist gutes Essen angeliefert worden und natürlich haben wir auch gut getrunken."
Ob der Ausflug harmonisch verlaufen sei, wollte der älteste Polizist wissen.

Wieder ein vernichtender Blick Mamas wegen seiner mangelnden Menschenkenntnis.

Sie schüttelte ihren Kopf.

„So was kann nie gut gehen", seufzte sie und gab ihre Alters-Erfahrungen zum Besten. „Zwei neidische und eifersüchtige Frauen und zwei Männer, die ihnen unbedingt etwas andrehen wollen."

„Etwas andrehen?" Pedro geriet bei seiner Übersetzung in Schwierigkeiten.

„Etwas verkaufen", half Ulla aus.

Pedro nickte zustimmend. Das machte Sinn. „Häuser oder Gemälde?", hakte er nach.

„Beides." Mama wiederholte ihre Aussage zur Bekräftigung. „Beides. Es gab viel Streit."

Wer denn gestritten habe? Der ältere Polizist ließ sich von Mamas Augenrollen über seine Ignoranz nicht abschrecken.

„Alle." Ihre Aussage war kurz und bündig.

Sie wandte sich ungeduldig an Ulla. „Sag es ihnen: Alle. ETA mit Gisa. ETA mit John. ETA mit Miguel. Gisa mit ETA. John und Miguel. Alle."

Sie lehnte sich erschöpft zurück. „Und anschließend wollten alle meinen Rat und meine Vermittlung."

KH und Ulla grinsten sich an. Typisch Mama. Die Diplomatische und Ausgleichende.

Dennoch beschlich Ulla ein ungutes Gefühl.

„Alle? Wirklich alle, Mama? Auch du?"

Ulla blickte ihre Mutter beschwörend an. Nur jetzt kein Motiv für eine Straftat liefern!

Ihre Mutter setzte eine strenge Miene auf.

„Sei doch nicht albern, Kind. Ich doch nicht. Ich bin viel zu arm." Sie wandte sich lächelnd direkt an die Polizisten. „Ich arm. No money." Sie zeigte ihre leeren Handflächen vor. „Nix moneta. Nicht interessant für Immobilienmakler und Kunsthändler." Ihr Gesicht nahm einen spitzbübischen Ausdruck an.

Die Polizisten schienen dies ohne Übersetzung zu verstehen.

Aber der ältere Polizist ließ nicht locker. Er führte auf den Ausgangspunkt zurück.

Worum der Streit gegangen sei?

Das sei doch völlig klar!

Mamas Stimme wurde etwas lauter, weil er so offensichtlich gar nichts verstand.

„Ganz einfach. Die beiden Frauen warfen sich gegenseitig vor, was sich Frauen so vorwerfen: Dass die andere erstens gar nicht das Geld hat, um weitere Gemälde oder Häuser zu kaufen. Dass die andere zweitens ihr Kaufinteresse nur vortäuscht, um sich bei den Männern interessant zu machen. Drittens, dass sie ihr einen Verehrer abspenstig machen will, nur aus Prinzip, obwohl sie ihn gar nicht liebt. Dass sie sich gegenseitig ihr Lebensglück zerstören. Dass sie zu vertrauensselig sind und auf windige Halunken hereinfallen."

Mama schwieg ermattet und Pedro hatte eine Weile zu tun, bis er diesen Ausbruch übersetzt hatte.

„Das heißt", fragte er dann vorsichtig im Auftrag seines Vorgesetzten zurück, „das heißt, Señora Gordon und Señora Schmitz hatten den Eindruck, dass die beiden Herren nicht …", er suchte nach Worten, „nicht … nicht ganz sauber waren?"

Seine Stimme malte ein großes Fragezeichen in die Luft.

Klar.

Mama und Ulla nickten gleichzeitig.

Der mittlere Polizist hörte auf, in seinen Laptop zu tippen. Alle drei schauten erst sich, dann die Zeugen verblüfft an.

KH rettete die Situation.

„Bitte, meine Herren", bat er versöhnlich, „bitte verstehen Sie, dass meine Frau und meine Schwiegermutter die beiden Damen schon eine Weile gut kannten oder … oder Damen wie diese kennen."

Ihm war eingefallen, dass weder ETA noch Gisa zu Ullas engerem Bekanntenkreis zählten.

„Und es liegt in", er warf einen schnellen, um Verzeihung und Verständnis bittenden Seitenblick auf Ulla, „es liegt in der weiblichen Natur, in Bezug auf Männer nicht ganz logisch zu handeln."

Seine Schwiegermutter stimmte sofort zu.

Wie bei allem, was KH sagt, dachte Ulla sarkastisch. Aber sie biss sich ihren Widerspruch von der Zunge, als sie bemerkte, wie dankbar die Polizisten auf KHs Klärung reagierten. Seine Aussage entsprach vollkommen ihrem Verständnis von Frauen.

Worüber hatten die beiden Männer gestritten?
Mama überlegte ausgiebig.
Dennoch stockte sie wiederholt in ihrer Rede.
„Sie sprachen Spanisch. Ich habe nichts verstanden. Aber mein Eindruck war … mein Eindruck war …"
Sie wandte sich abrupt an ihre Tochter.
„Es klingt blöd, Kind, aber so war's halt: Ich hatte den Eindruck, dass sie sich darum stritten, ob sie weitere Gemälde so schnell beschaffen könnten. *Mas cuadro.* Ob die Polizei nicht Verdacht schöpfen würde. *Policia sospecha.* Und ob ETA oder Gisa überhaupt bezahlen konnten. *Sufficiente dinero.*"

Ulla streichelte die faltige Hand ihrer Mutter und bewunderte sie insgeheim wegen ihrer Intuition.
Offenbar kannten auch die spanischen Polizisten ähnlich patente Mütter oder Großmütter. Sie nickten sich bestätigend zu und KH fiel ein Stein vom Herzen.
Pedro räusperte sich.
„Jetzt möchten wir Sie zum Unfall befragen, Señora", kündete er ernst an.
Mama schloss die Augen.
Wie auf Knopfdruck erschien die nette Ärztin und ließ ihre Augen besorgt über die Szene schweifen.
„Geht es Ihnen noch gut, Frau Wokkel?"
Der leicht angespannte und sehr persönliche Unterton in ihrer Stimme deutete an, dass sie auf Mamas Wunsch die Befragung abbrechen würde.
„Noch ist alles gut", Mama öffnete ihre Augen wieder. „Ich rufe Sie notfalls."
Die Ärztin warf den Polizisten einen strengen Blick zu und verschwand.

191

„Aber ich will nichts erzählen, das ist zu anstrengend", sagte ihre Mutter zu dem jungen Polizisten. Sie wirkte blass und erschöpft. „Ulla hat gut die Spuren verfolgt. Sie soll mich fragen. Ich antworte dann mit ja oder nein. So erfahren Sie auch alles", fügte sie mit listigem Blick auf den älteren Polizisten hinzu.

Ulla fühlte sich aufgrund des Zutrauens ihrer Mutter sehr gerührt. Aber sie fürchtete gleichzeitig, einen belastenden Fehler zu machen.
KH nickte ihr bestätigend und aufmunternd zu.
Sie wusste, dass er ein unerschütterliches Zutrauen in ihre Fähigkeiten hatte, und seufzte hin- und hergerissen.
Die Polizisten nickten ebenfalls.
Offenbar war ihnen klar, dass dies das kleinere Übel war.
Wenn die Señora sich weigerte, würde die Ärztin jederzeit aus medizinischen Gründen die Befragung beenden.
Das war sicher. Dann also lieber die Tochter Fragen stellen lassen.
„Mama", Ulla beschloss mit etwas Unverfänglichem anzufangen, „Mama, war euch eigentlich klar, dass eure Reisebekanntschaften aus dem Hotel – die Braunhaarige mit der Kurzhaarfrisur und die Weißhaarige mit dem Knoten – dass euch diese beiden alten Damen nach Valdemossa gefolgt sind und euch beobachtet haben?"
Ihre Mutter schien verblüfft. Dann grinste sie.
„Ich hätte es mir denken können! So wissbegierig wie sie sind. – Und dann hab' ich nachts auch Husten von draußen gehört. Ich dachte, ich hätte mich getäuscht."
„Am nächsten Morgen", Ulla berührte vorsichtig die Hand ihrer Mutter, „am nächsten Morgen habt ihr erst einmal gut gefrühstückt."
Mama nickte erleichtert.
„Und dann habt ihr einen kleinen Ausflug unternommen. Nicht weit weg. Ganz in der Nähe von Valdemossa. Zur Ermita de la Trinitat."
Ulla meinte, ein Zucken im Rücken ihrer Mutter wahrzunehmen, aber KH hatte schon beruhigend seine gesunde Hand auf Mamas Schulter gelegt.

Erneutes Nicken.

Langsam formulierte Ulla ihren Verdacht.

Sie hatte noch nie so klar gespürt wie jetzt, wie der Ablauf gewesen sein konnte. Aber sie wusste auch, dass sie sich – was die Fakten anging – auf nichts stützen konnte.

Vertrau deiner Intuition, ermunterte sie KHs beschwörender Blick.

Sie machte sich selbst Mut.

Sie war die Tochter einer Mutter, die alle Probleme mit Menschenkenntnis, Erfahrung und gesundem Gespür löste.

Also los!

„Ihr seid in zwei Autos gefahren. Vorn im Mercedes der Immobilienhändler mit Gisa. ETA am Steuer von Manuels blauem Golf, Miguel neben ihr. Du hast hinten gesessen."

Mama machte ein zustimmendes Geräusch.

„Obwohl so gut wie nichts los war, habt ihr nicht auf dem Parkplatz des Klosters geparkt. Weil der weiße Mercedes einfach weiterfuhr, seid ihr ihm gefolgt."

Ulla wusste, dass es ab jetzt nur noch Spekulationen waren, aber Mama bestätigte ihren Gedanken mit einer Kopfbewegung.

„Irgendwo in der Einöde habt ihr gehalten. John schlug einen kleinen Spaziergang vor. Ihr konntet nicht weit laufen, weil die beiden anderen Frauen falsche Schuhe trugen, völlig ungeeignet für solch einen steinigen, steilen Weg."

Mama und KH schmunzelten und die Polizisten ebenfalls, als nach einer kleinen Verzögerung die Übersetzung bei ihnen ankam.

„Vielleicht", Ulla äußerte die Vermutung bewusst, „vielleicht hat John mit einer großen Bewegung das Gebiet abgesteckt und gesagt, dass man dies alles – Landschaft, Schafe und Schuppen – spottbillig kaufen kann. Und Ferienwohnungen bauen kann oder eine Seniorenresidenz. Mit viel Gewinn."

Mama schaute sie anerkennend an. „Mhm", äußerte sie, was die Polizisten als Zustimmung auffassten.

„Dann", Ulla fixierte ihre Mutter, denn jetzt wurde es heikel, „dann wolltet ihr abfahren, aber du musstest erst mal – austreten. Alle stiegen schon mal in die Autos ein. Das heißt …", Ulla korrigierte sich, als sie meinte, Ablehnung in den Augen ihrer Mutter zu spüren, „das heißt, die Frauen stiegen ein. Die Männer blieben draußen." Mamas Augen signalisierten, dass sie auf der richtigen Spur war.

„Weil Gisa näher bei dir stand, hast du ihr deine Handtasche zum Halten gegeben. Und dein Handy."

Deutliches Nicken von Mama.

Ulla schloss die Augen.

Nur jetzt keinen Fehler machen! Was war menschlich und daher logisch?

Sie spürte KHs ermutigenden Blick auf sich.

„Da die Männer nicht ins Auto stiegen, bist du etwas weiter ins Gebüsch vorgedrungen, um nicht sichtbar zu sein. Leider war es felsiger und abschüssiger, als du dachtest, und du bist ein bisschen gerutscht und hast dich verletzt."

Mama wiegte ihren Kopf unentschieden hin und her.

„Nichts Schlimmes, aber immerhin", beschwichtigte Ulla.

Dies bestätigte Mama durch eine Art Räuspern.

„Die beiden Männer konnten dich nicht mehr sehen. Aber du konntest sie hören."

Mama wandte jetzt ihre volle Konzentration auf Ulla und nickte.

„Es gab eine lautstarke Auseinandersetzung. Du hörtest die Frauen rufen, dass sich die Männer beruhigen sollten."

Ulla hatte den Eindruck, dass ihre Mutter zustimmte, auch wenn sie keine äußeren Zeichen abgab.

Sie versuchte, den Blick ihrer Mutter im eigenen fest zu bannen.

„Gerade als du nach oben geklettert bist, hast du gehört, wie ein Kofferraum geöffnet wurde. Irgendein Schloss schnappte auf. Als du hinter dem Felsen hervorkamst, sahst du … sahst du …"

Ulla stockte.

Die weit aufgerissenen Augen ihrer Mutter machten ihr Angst.

KH nahm seine Schwiegermutter in den Arm. Sie wirkte klein und zerbrechlich. „Keine Sorge, Mama", sagte er sanft, „nur die Wahrheit hilft."

Mama schaute ihn dankbar an.

KH machte Ulla ein Zeichen, fortzufahren.

„Jedenfalls", Ulla brachte ihren Gedankengang nun schnell zu Ende, „jedenfalls sahst du, wie Miguel Hernandez einen Wagenheber oder so was ähnliches in seiner Hand schwang. John ließ sich aber nicht einschüchtern und kam auf Miguel zu. Dieser haute ihm den Wagenheber an den Kopf, John fiel um und … und dann überstürzten sich die Ereignisse.

Miguel setzte sich sofort in den weißen Mercedes mit Gisa und fuhr rasend schnell davon. Dabei streifte er den blauen Golf, der auf einen Felsen gedrückt wurde. ETA geriet in Panik. Dann …" Ullas Stimme klang aus.

Zwar reichte ihre Fantasie weiter, aber sie wollte den Verdacht nicht aussprechen.

KH sprang ein: „ETA verlor die Nerven. Und die Kontrolle über den Golf. Sie gab viel Gas, um ihn vom Felsen zu befreien. Sie schaffte es, aber das Auto hatte so viel Kraft, dass es John Mudgham überfuhr."

Mama nickte.

„Ja, zweimal", flüsterte sie, „weil ETA dann in Panik zurücksetzte. Beim Rückwärtsfahren …"

„Beim Rückwärtsfahren streifte sie auch meine Mutter und fügte ihr Bein- und Kopfverletzungen zu, indem sie sie auf den Felsen schleuderte."

Ullas Stimme klang klar, denn sie erinnerte sich an die Aussage des jungen Arztes.

„Aber Mama ist zäh. Noch war sie nicht bewusstlos. Wahrscheinlich nahm sie durch den Schock die Schmerzen auch gar nicht richtig wahr", kommentierte sie für die Polizisten.

Dann schaute sie ihre Mutter an.

„Mama, was ist dann passiert?"

Aber ihre Mutter starrte ausdruckslos ins Leere.

Gerade als Ulla die Ärztin rufen wollte, schüttelte Mama sich, als ob sie aus einem bösen Traum erwachte. Dann richtete sich auf und schaute Ulla entschlossen an. *Mach weiter, Kind. Jetzt bringen wir es hinter uns.*

„In deiner unerschütterlichen Hilfsbereitschaft für schwierige Personen hast du ETA erklärt, dass John schon tot war, als sie ihn überfuhr."

Mama nickte und räusperte sich. „Mehrfach. Ich hab' es ihr mehrfach gesagt. Aber sie war stur."

„ETA war also trotzdem in Panik", fuhr Ulla fort. „Wahrscheinlich zog sie sich Tabletten rein und ihren Flachmann."

Weiteres Nicken ihrer Mutter, allerdings mit einem besorgten Seitenblick auf Pedro.

Dem schien aber völlig klar, worüber sie redeten. Er übersetzte schnell und sicher.

„Dann", Ulla zögerte. Sie war sich nicht im Klaren, ob sie mit dem Folgenden ihre Mutter belasten würde und schaute sie deshalb fragend an.

Diese gab ein zustimmendes Kopfzeichen.

„Dann … ETA sorgte sich, dass man ihr Johns Tod anlasten würde. Weil sie sich nicht beruhigte, habt ihr ihn versteckt. Irgendwo unterhalb des Felsens, wo man ihn nicht leicht finden konnte."

Ulla spürte die Zustimmung ihrer Mutter und fuhr schnell fort. „Dir war schwindelig. Du bist ein paar Mal abgerutscht und hast dir weitere Schürfwunden zugezogen. Aber du bist unverwüstbar. Erst als ETA dich ins Krankenhaus fuhr, bist du irgendwann bewusstlos geworden."

Mamas Gesicht bekam wieder Farbe.

„Was sollte ich machen?" Entschuldigend hob Ullas Mutter die Schultern. Dann schaute sie die Polizisten Mitleid erregend an und versuchte, sie in einfachem Deutsch zu überzeugen.

„Ich Schmerzen. Und Übelkeit. Brauchte Arzt. Kein Handy. Frau Gordon konfus. Aber nur sie konnte Auto fahren. Sie wollte aber erst fahren, wenn Leiche weg."

Die Polizisten signalisierten Zustimmung.

Mama wandte sich wieder Ulla zu. „Ich weiß, Kind, vielleicht hätte ich …"

Ulla und KH schüttelten gleichzeitig energisch den Kopf. Mama hatte sehr glaubwürdig ihre Notsituation geschildert, also bitte jetzt keine Einschränkungen!

„Mama", Ulla überlegte fieberhaft eine Ablenkung, „Mama, konnte denn ETA sicher fahren?"

„Sicher? Sicher weiß ich nicht. Aber sie fuhr. Sogar durch Valdemossa. Sie kann immer sehr diszipliniert erscheinen, wenn sie getrunken hat und Menschen etwas vormachen will."

Mama grinste anerkennend. Dann wurde sie ernst.

„Ich glaube, sie stand selbst unter Schock. Das machte sie sehr konzentriert. Sie war sich der Lage bewusst. Im Gegensatz zu mir." Sie schwieg.

Dann seufzte sie und erklärte:

„Als wir an der Villa vorbeifuhren, bat sie mich, zu gucken, ob der weiße Mercedes dort stand. Oder sonst wo auf dem Weg. – Ich sah nichts und sie sagte: *Gut, dann sind wir noch nicht direkt in Gefahr!* – Zuerst wusste ich gar nicht, was sie meinte. Ich antwortete: *ETA, was soll das? Wir sind hier nicht in deinem Roman.*"

Mama hing ihren Gedanken nach und fuhr anschließend fort:

„Dann blickte sie mich ganz seltsam an und sagte: *Ich weiß. Leider. Leider nicht. Sonst ginge es uns jetzt besser.*"

Auch in der Erinnerung traf die Wucht dieser Aussage Mama erneut hart.

Als sie sich nach einer Weile beruhigte hatte, stellte sie mit betont neutraler Stimme fest:

„Erst in diesem Moment fiel mir ein, dass wir ja Zeuge des … des … na ja, jedenfalls Zeugen waren. Und vielleicht daher in Gefahr. Und Gisa auch."

Mama schwieg wieder.

Den Rest erzählte sie dann schnell und gefasst. Ihr wurde schwindelig und ihre Kopfschmerzen steigerten sich. ETA merkte, dass es ihr nicht gutging. Hinter Valdemossa sagte sie, sie nehme jetzt eine Abkürzung ins Krankenhaus.

„Den Carmine del Inferno", warf Ulla ein.

Den Namen kannte ihre Mutter nicht. Sie erinnerte sich nur an eine sehr schmale, kurvige Straße.

„ETA fuhr zu schnell und wurde immer unsicherer, einmal schleuderte sie von einer Straßenseite zur anderen. Zum ersten Mal hatte ich richtig Angst. Plötzlich kam ein Baum auf uns zu. Ich glaub, ich hab' geschrien. Dann bin ich erst wieder im Krankenhaus aufgewacht."

Es herrschte tiefes Schweigen.
KH und Ulla drückten ihre Mutter. Ihnen war klar geworden, wie viel Glück sie eigentlich gehabt hatte.

Die Ärztin steckte erneut ihren Kopf um die Ecke und signalisierte, dass sie Schluss machen müssten.
Die Polizisten schienen zufrieden.
Offensichtlich hatten sie das erfahren, was sie wissen wollten.

„Eine gute Nachricht zum Abschluss", sagte Pedro, als sie sich verabschiedeten. „Die spanische Polizei hat Miguel Hernandez am Madrider Flughafen festgenommen. Bei ihm fand man eine Damenreisetasche und einen Damenalukoffer. In beiden fand man – gut versteckt – gestohlene Kinderporträts."

17

Ferien

Einen Nachmittag später genossen KH, Mama und Ulla in der Sonne ein kühles Bier auf der Strandpromenade von Port d'Alcudia. KHs Arm war noch immer dick einbandagiert, aber er hatte keine Schmerzen mehr. An Mamas Kopf deuteten nur noch eine Wundauflage und diverse Kratzer und blaue Flecken im Gesicht auf die Verletzungen hin.
Sie hatte ihre berühmt-berüchtigte Redseligkeit zurückerlangt.
Nachdem sie wiederholt mit immer neuen Details ihre Abenteuer der letzten Zeit ausgeschmückt hatte, standen danach die Ermittlungsergebnisse der Polizei im Mittelpunkt.
Pedro hatte nämlich Mama morgens nach dem Frühstück im Hotel besucht.

Gisa ging es so gut, dass sie bereits von der Polizei vernommen werden konnte. Ihre Aussage hatte Mamas Auskünfte bestätigt. Jedenfalls im Großen und Ganzen. Es gab kleinere Abweichungen und Ergänzungen.
So ging Gisa davon aus, dass Miguel aus Versehen oder sogar in Notwehr den Immobilienhändler mit dem Wagenheber erschlagen hatte beziehungsweise ihn nur „in die Schranken weisen wollte". Dies betonte sie immer wieder.
Nachdem sie mit Miguel kopflos die „Unglücksstelle" verlassen hatten, erklärte ihr Miguel, die Polizei und ein Notfall-Krankenwagen seien unterwegs.
Damit er nicht in Verdacht geriet, waren sie auf Gisas Vorschlag nicht zur „Unfallstelle" zurückgekehrt.
Sie hatten sich auch nicht bei der Polizei gemeldet.

Auf dem Weg zum Hotel Bon Aire hatten sie unterwegs Johns Klappfahrrad, das er im Kofferraum des Mercedes transportiert hatte, an einer unübersichtlichen Stelle in der Nähe von Johns Haus in die Landschaft geworfen.

Weil sie Miguel für unschuldig hielt, war sie arglos mit ihm ins Hotel zurückgefahren, um ihre Reisetasche für einen weiteren gemeinsamen Ausflug zu packen.

Sie hatten die Nacht in Miguels „Junggesellenwohnung" verbracht.

Am nächsten Tag hatten sie auf dem Weg nach Sa Calobra an einem spektakulären Aussichtspunkt geparkt.

Leider hatte Miguel die Bremsen nicht richtig angezogen. Als er sich außerhalb des Autos befand, war es ins Rutschen gekommen und über einen Felsen abgestürzt.

Den Fragen der Polizisten, ob Miguel nachgeholfen hatte, indem er den Wagen womöglich über den Felsen geschoben hatte, wich Gisa aus.

Ihr Fahrzeug hatte sich mehrfach überschlagen. Dabei hatte sich die rechte Hintertür geöffnet und die auf der Rückbank abgelegten Gegenstände wurden hinausgeschleudert. Unter anderem ihre und Mamas Handtasche.

Gisa wusste nicht, wie lange sie zwischen Bewusstlosigkeit und Wachzustand dämmerte. Mehrfach hatte sie ein fremdes Handy, das in ihrer Jackentasche läutete, wieder ins Leben zurückgerufen. Aber sie war zu schwach, um mit Worten zu antworten.

Dennoch erwiesen sich die Handy-Anrufe als lebensrettend. Jedes Mal, wenn sie durch das Läuten aufschreckte, wurde ihr bewusst, dass sie Durst hatte. Glücklicherweise fand sie direkt unter ihren Füßen mehrere Wasserflaschen.

Irgendwann wachte sie in Palma im Krankenhaus auf.

Miguel Hernandez hatte sich offenbar zum ersten Mal in kriminelle Machenschaften verstrickt, jedenfalls war er bisher polizeilich nicht erfasst.

Er hatte sich zu einem Geständnis bereit erklärt, wenn er einen Rechtsbeistand erhalten würde.

Andererseits lastete die Polizei dem Immobilienhändler immer mehr – bis dahin noch nicht aufgeklärte – Taten an.

ETA war nach der Verhaftung Miguels aus der Charité entlassen worden. Denn ihr Zustand hatte sich schlagartig verbessert. Sie gab an, der englische Radsportler und seine Freundin seien gute Bekannte und gern gesehene Gäste in ihrem Haus. Außerdem werde sie bald nach Mallorca zurückkehren und ihren Roman fertigstellen.

Eigentlich waren nun alle bis dahin noch offenen Fragen Ullas beantwortet.

Bis auf eine …

„Warum, Mama, warum hast du dich und mich denn um 10 Jahre jünger gemacht?"

Ihre Mutter machte eine wegwerfende Handbewegung. „Ich doch nicht, Kind. Ich verberge mein Alter nie."

Das stimmte. Vielmehr kokettierte Mama mit ihrer Rüstigkeit in ihrem hohen Alter.

„Das war ETA. Sie gab sich als jünger aus. Und da wir gleichaltrig sind …"

Klar, dann mussten alle anderen auch jünger gemacht werden. Ulla leuchtete dies ein.

Nun war Mama dabei, viele nette Anekdoten über ETA, Gisa, die anderen Hotelgäste und die Familie zu erzählen, die sie natürlich in langen Telefonaten auf den neuesten Stand gebracht hatte.

Ulla hatte längst abgeschaltet und beschäftigte sich mit Aufnahmen vom Hafen. Sie bewunderte KH, der offenbar immer noch zuhörte, aber dessen Gesicht einen zunehmend hilfloseren Ausdruck annahm.

„Oh nein!", rief Ulla plötzlich. Mamas Augen folgten ihrem Blick.

„Ach, die beiden netten alten Damen aus dem Hotel", sagte sie freudig, „wir haben uns noch gar nicht richtig begrüßt, seitdem ich aus dem Krankenhaus entlassen wurde."

„Untersteh dich, Mama", Ullas Stimme nahm einen drohenden Ton an, „wehe, du lädst sie an unseren Tisch ein."

„Sei nicht undankbar, Kind", ermahnte sie vorwurfsvoll, „die beiden haben dir gute Dienste geleistet. Ohne sie hättest du den Fall nicht aufklären können."

Ulla holte tief Luft, um zu widersprechen.

Gleichzeitig bemerkte Mama KHs entsetzten Gesichtsausdruck.

„Wisst ihr was, ihr beiden", schlug sie großzügig vor, „warum trinkt ihr nicht euer Bier aus und macht einen netten Spaziergang? Ich bleibe hier noch ein bisschen in der schönen Sonne sitzen. Mir wird bestimmt nicht langweilig."

Das ließen sie sich nicht zweimal sagen.

KH und Ulla leerten mit einem Zug ihre Gläser und verschwanden gerade noch so rechtzeitig auf dem Hafensteg, dass sie der eleganten Weißhaarigen und der rustikal gekleideten Kurzhaarigen zwar freundlich zuwinken, aber sie nicht mehr persönlich mit Handschlag begrüßen konnten.

Die beiden winkten huldvoll zurück und nahmen dann sofort am Tisch ihrer Mutter Platz.

„Dreh dich bloß nicht um", zischte Ulla scharf in KHs Ohr, hakte sich fest an seinem gesunden Arm unter und zog ihn schnell Richtung Yachthafen.

„Warum? Hast du Angst, sie rufen dich zurück, damit du ihnen Sekt einschenkst?", neckte er sie.

„Mich nicht!" Ulla betonte besonders das erste Wort stark.

„Ich bin ihnen ziemlich egal. Aber", Ullas Stimme äffte die Weißhaarige nach, „Sie haben so einen charmanten Schwiegersohn, meine Liebe. Vielleicht könnte er uns nach Hause begleiten? Ich fühle mich heute ein bisschen schwach."

KH lachte und riskierte über den Aufbau einer kleinen Yacht hinweg einen Blick zurück auf die Tapas-Bar.

„Keine Sorge, Ulla. Sie sind gut mit sich selbst beschäftigt."

Ulla schaute sich um.

Ihre Mutter hielt gerade ihr Bierglas gegen die Nachmittagssonne und die beiden anderen prosteten ihr mit Sekt zu. Dann stellten alle drei auf Kommando ihre Gläser ab, rückten näher zusammen und Mama fing an, zu erzählen.

KH und Ulla schlenderten Hand in Hand bis ans Ende der Mole. Mit Blick auf die vielen teuren Yachten fragte Ulla: „Wie bist du eigentlich darauf gekommen, KH, dass sich der Unfall genauso abgespielt hat, wie du ihn der Polizei geschildert hast? Du lehnst es doch sonst immer ab, dich in Vermutungen zu verstricken."

„Es war ja auch keine Vermutung", KH ließ ihre Hand los und legte einen kleinen Sicherheitsabstand zwischen sich und Ulla. „Ich hab' mir einfach vorgestellt, wie du reagieren würdest – fahrtechnisch gesehen – wenn dein Wagen auf einen Felsen geschleudert worden wäre. Auch dir wäre die Kontrolle über das Auto entglitten!"

Wie von ihm vorausgesehen, versuchte sie, ihn zu boxen.

Dann lachte sie: „Vermutlich. Aber deine Nerven hätten wahrscheinlich auch ordentlich geflattert, wenn vor deinen Augen ein Mann erschlagen worden wäre."

KH gestand dies ein.

Eng aneinander geschmiegt genossen sie den Blick über die Yachten hinweg auf die türkisfarbige Bucht, den hellen Sandstrand mit Kiefern, Palmen und die blauschimmernden Zacken des Llevant-Gebirges im Hintergrund.

„So eine himmlische Landschaft", flüsterte Ulla. „Wer hätte jemals gedacht, dass hier Verbrechen passieren können?"

„Denk nicht mehr daran, Liebes", KH küsste sie. „Lass uns den Rest der Ferien unbeschwert verbringen!"

Sie küsste ihn zurück.

„Hm", sagte sie, „dann mach ich dir einen Vorschlag. Wir lassen morgen Mama allein die Einladung der Gordon-Geschwister wahrnehmen. Denn dir geht es nicht so gut und du brauchst Ruhe."

KH schmunzelte zufrieden.

„Wir zwei", ergänzte Ulla, „wir zwei machen einen netten Ausflug. Wie wär's mit …"

„Mit Cala Figuera!", schlug KH vor, „ich könnte mir diesen malerischen Hafen nochmal anschauen."

Ulla nickte zustimmend.

„Und Liebes, wo du doch jetzt so geübt im Kurvenfahren bist", Ulla hörte einen spöttischen Unterton in seiner Stimme, „jetzt, wo Kurvenfahren dir Spaß macht, könnten wir vielleicht einen kleinen Abstecher nach San Salvador machen und den Ausblick genießen? Die gesamte Gegend müsste doch in Blüte stehen!"

Ulla schauderte es zwar bei dem Gedanken an die kurvige, schmale Bergpiste, die ein beliebtes Ziel von waghalsigen Fahrradfahrern war, die gerne Kehren schnitten, aber sie wollte KH diesen Wunsch gern erfüllen.

„Okay!", sie versuchte, ihrer Stimme einen leichten Klang zu geben.

KH küsste sie erneut.

„Außerdem brauche ich viel mehr Ruhe als nur einen Tag, damit meine Hand schnell heilt. Wir könnten übermorgen eine leichte Küstenwanderung machen. Aber Mama sollte sich noch nicht so anstrengen. Wir könnten ihr eine Rundtour mit dem Bus um die Insel schenken. Vielleicht haben ja die beiden anderen Alten Lust, mitzufahren?"

Ulla schaute ihn bewundernd an. „Einfach genial, Kallilein. Die Idee könnte von mir stammen."

Sie machten sich auf den Rückweg.

Die Szene vor der Tapas-Bar hatte sich nur unwesentlich geändert. Die Damen hatten ihre Stühle an den Stand der Sonne angepasst; nun tranken alle Sekt.

Mama erzählte und die beiden anderen fragten und kommentierten.

„Ach, schau, und hier kommt unsere süße Veronica", rief die Weißhaarige entzückt, als ein rosa Dreirad über die Strandpromenade auf sie zu hoppelte.

„Und Frau Gordons Sohn! Setzen Sie sich doch zu uns! Wie geht es Ihrer werten Frau Mutter?"

Der kleine Bogen, den Ulla und KH in Richtung Meer einschlugen, um nicht am Tisch vorbeigehen zu müssen, blieb unbemerkt. Völlig unbehelligt erreichten sie ihr Hotel.
Endlich Ruhe!

Als sie durch den Garten schnell ihr Zimmer erreichen wollten, winkten ihnen aus einer versteckten Ecke Carlos und Anna-Maria heimlich und vertraulich zu.

Ulla machte es sich gerade auf dem Balkon bequem, da zeigte ihr Handy durch Piepsen eine neue Nachricht an.
Es war Eni.
Haben gerade günstiges Last-Minute-Angebot gebucht. Domi hat Sehnsucht nach seiner Oma. Ich kümmere mich um Uroma. Holt uns bitte morgen um 17.55 in Palma am Flughafen ab. Haben euch lieb Eni und Domi. Freuen uns!

Wortlos hielt Ulla ihr Handy vor KHs Augen.
Er seufzte.
„Das war's dann mit einem ruhigen Urlaub!"

HERZ FÜR AUTOREN A HEART FOR AUTHORS À L'ÉCOUTE DES AUTEURS MIA KAPΔIA ΓIA ΣΥΓΓ
HJÄRTA FÖR FÖRFATTARE UN CORAZÓN POR LOS AUTORES YAZARLARIMIZA GÖNÜL VERELIM S
CUORE PER AUTORI ET HJERTE FOR FORFATTERE EEN HART VOOR SCHRIJVERS TEMOS OS AUT
SERCE DLA AUTORÓW EIN HERZ FÜR AUTOREN A HEART FOR AUTHORS À L'ÉCO
ВСЕЙ ДУШОЙ К АВТОРАМ ETT HJÄRTA FÖR FÖRFATTARE À LA ESCUCHA DE LOS AUT
MIA KAPΔIA ΓIA ΣΥΓΓΡΑΦΕΙΣ UN CUORE PER AUTORI ET HJERTE FOR FORFATTERE EEN
SERCE DLA AUTORÓW EIN HERZ FÜ
ВСЕЙ ДУШОЙ К АВТОРАМ ETT HJÄRTA F

Die Autorin

Ute Vogell lebt und liebt die Literatur. Die hessische Autorin wurde als Lehrertochter schon früh zum Lesen motiviert und sie selbst hat immer gern Geschichten erfunden. Dennoch fühlte sie sich zunächst nicht zur Autorin berufen, sondern zur Deutschlehrerin. Nach ihrer Pensionierung widmet sie sich ihrem Hobby, dem Reisen. Damit ihr nicht langweilig wird, engagiert sie sich ehrenamtlich und schreibt Romane für Kinder und Erwachsene. Besonders gern erfindet sie spannende Reiseabenteuer rüstiger Senioren und Seniorinnen. Diese erzählt sie mit Humor und einer Prise Selbstironie. „Blütengucken auf Malle" ist der perfekte Familienkrimi, mit dem die Jüngsten erste kriminalgeschichtliche Leseerfahrungen sammeln können, der aber auch die ganze Familie zum gemeinsamen Lesen einlädt.

Der Verlag

*Wer aufhört
besser zu werden,
hat aufgehört
gut zu sein!*

Basierend auf diesem Motto ist es dem novum Verlag
ein Anliegen neue Manuskripte aufzuspüren, zu ver-
öffentlichen und deren Autoren langfristig zu fördern.
Mittlerweile gilt der 1997 gegründete und mehrfach
prämierte Verlag als Spezialist für Neuautoren in
Deutschland, Österreich und der Schweiz.

**Für jedes neue Manuskript wird innerhalb we-
niger Wochen eine kostenfreie, unverbindliche
Lektorats-Prüfung erstellt.**

Weitere Informationen zum Verlag und
seinen Büchern finden Sie im Internet unter:

www.novumverlag.com

Bewerten
Sie dieses Buch
auf unserer
Homepage!

w w w . n o v u m v e r l a g . c o m

Ute Vogell

Domi und die Höhle der schwarzen Drachen

Abenteuerroman für Kinder

ISBN 978-3-99107-186-0
172 Seiten

Welcher 7-Jährige führt schon gerne Reisetagebuch? Das denkt auch Domi – bis er mit Katinka auf die Geheimnisse stößt, die eine Höhle am Strand von Griechenland zu beherbergen scheint. Stimmen die Gerüchte und gibt es tatsächlich Flüchtlinge, die in den Felsen versteckt werden?

Zeitfracht Medien GmbH
Ferdinand-Jühlke-Straße 7
99095 Erfurt, Deutschland
produktsicherheit@kolibri360.de